SHANGHAI LITERATURE & ART PUBLISHING GROUP

故事会
精品系列

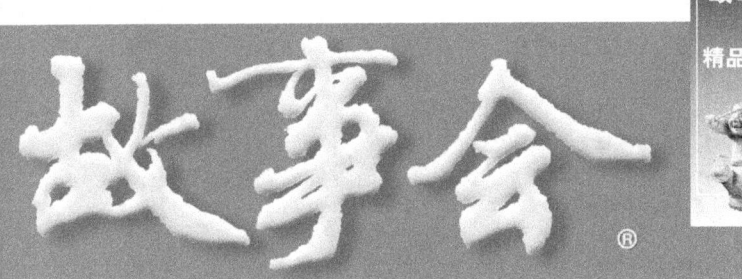

新幽默故事

I0529754

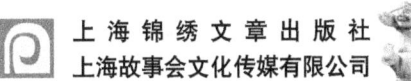

上海锦绣文章出版社
上海故事会文化传媒有限公司

上海文艺出版（集团）有限公司

图书在版编目（CIP）数据

新幽默故事 《故事会》编辑部编 – 上海：上海锦绣文章出版社
（故事会精品系列） ISBN 978-7-80685-787-8

Ⅰ．①新…Ⅱ．①故…Ⅲ．故事－作品集－世界 Ⅳ．I14

中国版本图书馆 CIP 数据核字（2007）第 113218 号

丛 书 名：故事会精品系列

书　　名：新幽默故事

主　　编：何承伟

编　　委：何承伟　吴　伦　姚自豪　夏一鸣

责任编辑：刘迎曦　鲍　放

装帧设计：王　伟

责任督印：张　凯

出　　　　版：　上海锦绣文章出版社

　　　　　　　　上海故事会文化传媒有限公司

POD 海外发行：　中国图书进出口上海公司

　　　　　　　　电话：021-36357888

　　　　　　　　传真：021-36357896

　　　　　　　　地址：上海市虹口区广中路 88 号

　　　　　　　　邮编：200083

目　　录

事与愿违

耐人寻味

有苦难言

异想天开

无可奈何

事 与 愿 违

如果你不能顺着直道正路走做到不平凡，那么可千万别为了要不平凡而去走邪门歪道。

自讨苦吃

这世上的事,有时真像是舞台上演魔术,眼睛一眨,啥都变了。

去年秋天,阿钟的厂里效益还蛮好,所以买了一部中巴车,准备接送老弱病残和怀孕的工人上下班。阿钟消息灵通,比一般人提前知道了这件事,他想:冬天马上要到了,如果每天上下班能够让车子接送,该有多惬意呀!于是第二天,阿钟便装出腿疼的样子,咬咬牙关狠狠心,花了三十元钱"打的"到了厂门口,然后又一瘸一拐地向办公室走去。

正在这时,工会主席看到了,他很关心地迎上来,询问阿钟的病情。阿钟认真地向他转达了"医生的话":至少要三个月才能好,而且每年的冬天都有可能复发。工会主席听后,一再叮嘱阿钟要小心。

阿钟心头暗喜:哈哈,有希望了!

下午临下班前,工会主席将阿钟和另一个前不久刚摔伤腿的王姓工人叫到办公室,告诉他们:工会按实际情况安排后,车上只剩下一个座位。很显然,阿钟和那姓王的,只有一个能够享受接送待遇。

阿钟下意识地看看自己的"病"腿,心里"扑通扑通"地跳个不停,他涨红了脸,哆嗦着嘴唇想道出实情,却又不好意思自打耳光。正犹豫间,忽听那位王姓工人说:"还是让阿钟坐吧,我家离厂近,没关系。"

阿钟终于享受到了中巴接送的待遇。虽然时常感到有些惭愧,但转念又想道:这不过是少走几步路,舒服一点,又不是什么违法乱纪的大事。这么一想,阿钟也就心安理得了。

转眼间一个半月过去了,那个王姓工人的腿慢慢康复了,而阿钟的腿"依然如故"……

三个月后的一天晚上,阿钟拍着自己的腿想道:冬天快要过去了,总是装瘸也很辛苦,过几天该恢复正常了。谁知就在第二天,一上班,阿钟被科长叫进了办公室,科长说:"阿钟哪,我们厂现在效益不太好,今天开始精简人员了,经厂部研究决定,明天开始你就不要来上班了……"

阿钟顿时感到头脑一片空白:"为……为什么?"

"因为你有腿病……当然,你情况不同,经济上厂里会照顾的……"

我的妈呀!阿钟真想狠狠地抽自己三个大耳光,他急得双脚直跳:"我的腿从来就没有什么毛病呀!"

(月　激)

(题图:李　加)

关灯

　　小李早就发觉,办公大楼四楼过道里的那盏 100 瓦的照明灯,白天黑夜都在放光,已经成了长明灯。

　　这天中午,外面晴空万里,太阳高照,可四楼过道里的那盏灯,依然亮着。小李心血来潮,想让这只日夜操劳的灯泡休息一下,可是他的手刚伸出去按住开关,猛地又停住了。他心想:我凭什么要关这盏灯呢? 至少也应该让经理亲眼看到我这个动作,留下一个好印象才好! 他知道,此刻经理正在饭厅吃饭,按常规,马上就要回办公楼了。于是,他冲回办公室,站在窗子边,眼巴巴地等着经理吃饭回来。

　　果然,不出五分钟,经理大摇大摆地从对面饭厅里走了出来。小李从窗子里一直望到经理走进办公楼大门,便立刻冲出办公室,来到电灯开关旁,脑子里悄悄计算着:现在经理开始上楼了,从底楼到四楼要走三层,一共有三十九级台阶。一、二、三、四……已经听得到脚步声了。小李的心情突然莫名其妙地紧张起来,心跳伴着数数:"……三十一、三十二、三十三……"来了,来了,来了,"三十七,三十八,三十九!""啪"小李果断地抬手关灯!

谁知,背后没有任何反应。他别转身一看,糟糕,上来的是五楼办公室的老周。老周低着头,继续上楼。小李心里气哼哼地嘀咕道:"你这个老头子,凑的什么热闹!我今天凭什么要白做好事?开!既然大家都不管,这只灯就让它从早开到夜,反正又不从我袋里掏电费!"他又转过身,"啪"把灯开亮了。

真是又巧又不巧,恰恰就在这时,经理上来了。

经理一看小李居然大白天开灯,生气地说:"怪不得大白天灯都是亮着的,原来是你在捣乱!"经理边说边跑过去关灯,然后又对小李说:"按规定,白天开灯是要罚款的,你到财务科交罚款去。"经理一顿训斥后,大踏步跨进了办公室。

小李脸色苍白地愣在那里,心里直嘀咕:该死的老周,害我算错了脚步。

(马顺和)

(插图:李 加)

善解人意

　　罗娜小姐是天地广告公司的公关部主任,她身材苗条,姿色迷人,再加上会说一口标准的普通话,所以在生意场上左右逢源,替老板攻下了不少难关,是老板面前的大红人。

　　罗娜养了一条纯种的"京叭",名叫"欢欢"。欢欢是条绝顶聪明的小狗,它不仅会翻跟斗、拿大顶、算算术,而且还善解人意,只须罗娜稍加暗示,就会明白她的意图。罗娜对欢欢宠爱备至,据说一大款曾出价两万元买欢欢,被罗娜一口回绝。

　　这天下午,罗娜下班后回到家中,欢欢"笃笃笃"跑了过去,叼来软布拖鞋,让罗娜换上,又把香烟与打火机一起放在罗娜手中。罗娜轻轻抚摩着欢欢的头,抽了口烟,长长地舒了一口气。过了一会儿,罗娜感到百无聊赖,而且还有些累,就想到"琼瑶池"去"桑拿"一下,那地方不远,就在家属楼对面,是新开张的。

买了澡票,要个单间,罗娜领上欢欢美美地洗了个澡,又给欢欢梳理一番。换好衣服,准备回家,刚出澡堂大门,一阵冷风吹过,罗娜顿感脸上火辣辣地痛,这才想起忘了带老板从美国特意给她捎回的美白养颜营养霜。

这时,浴池门口围了许多人,罗娜为显示自己爱犬的聪明,嗲声嗲气地对欢欢说道:"欢欢,乖,我搽脸用的营养霜忘家里了,你快去给我拿回来吧。"说完,又夸张地让欢欢嗅嗅自己脸蛋和脖子的气味,亲了又亲,然后就让它回家去取。

街坊四邻早就听说罗娜有只京叭聪明伶俐,今天看到罗娜真的使唤欢欢独自回去取东西,大家竞相等着大开眼界。

一会儿工夫,只见欢欢跑了回来,不过,它并未衔回罗娜搽脸用的营养霜,却咬着公司老板的手,后面还跟着不明就里的老板娘。

罗娜一看,惊得目瞪口呆,恨不能找个地缝钻下去。

这是怎么一回事?原来罗娜与老板之间的关系,早就非同一般。她每次用这个营养霜,总要老板给她抹,抹了还让老板嗅。欢欢多聪明啊,早就心领神会了。

在场的人看到这尴尬的场面,偷偷地笑开了。

(陈立新)

(题图:李　加)

单位的车子

　　大刘、小钟和小田,来自三个不同的单位,一起到赵家集扶贫。小田三天两头请假,到时总有一辆桑塔纳小汽车来把他接走。组长大刘对此很有看法,就找了个机会问他,到底是怎么回事。小田红着脸道出了实情,原来他已经30岁了,至今还没个对象,开车的是他表弟,几次接他回去,都是为了相亲。

　　大刘是个宽宏大量的人,很能理解小田。但为了掩人耳目,以后大刘就对村里说,是小田单位有事,来接他回去的。

　　谁知这么一说,惹出了麻烦。因为这个地方有句俚语,叫作:年龄大小看胡子,官大官小看车子。村干部认为小田既然有资格坐小车,一定是单位里掌握实权的干部,或者至少是提拔对象。于是有什么事本来该找组长大刘商量的,现在都去找小田,就连吃饭喝酒,也都把小田请到正座上。

大刘倒没说什么,可小钟看不惯了,心说:一辆轿车有什么稀奇,值得这么巴结?他琢磨着,怎么也让自己单位派辆轿车来接,在村里风光一下,让那些村干部另眼相看。

那天一早,小钟来到村里的代销店,把一张纸条递给代办员,捏着嗓子说:"我这几天嗓子发炎,说话不方便,麻烦你照纸上写的,给我们单位打个电话。"

代办员一看,只见纸条上写着:你单位的钟泉得了急病,请立刻派车来接他回去。代办员就依样画葫芦地照着说了。

中午吃饭的时候,小钟故意当着村干部们的面,对大刘说:"组长,我们单位有点急事,我得回去一趟。"大刘问:"什么时候走?"小钟说:"下午就走,单位来车接。"

村委会主任一听,顿时来了精神,忙给小钟倒酒,问他:"来什么车?"小钟故意轻描淡写地说:"最起码是'奥迪'吧。"

村委会主任马上问:"我能不能跟你沾个光?我那在师专上学的闺女早就来信说没钱了,我想搭你的车去给她送点钱。"小钟不假思索地说:"当然可以,别说你一个,再加上两个也没问题。"他这一发扬风格,一边的村支书马上说:"我媳妇老早就想到城里去看望她姑妈,让她也坐坐你的车吧?"小钟说:"没问题。不过我回单位后还有许多别的事情,回来你们可得自己想办法。"村委会主任和支书都赔着笑脸道:"那是自然,那是自然。"

正说着呢,只听院里传来一阵汽车马达声,有人高声叫道:"车来了!"小钟得意洋洋地带着大家走出门去,却看见一辆"120"救护车停在门外,上面下来两个穿白大褂的人,抬着副担架,急匆匆跑过来问:"钟泉在哪里?"

大家都大吃一惊……

(刘志平)

(题图:李 加)

幸亏是假的

月黑风高，毛七寸隐在一条小巷里，准备拦路抢劫，第一次作案，他心里很紧张。

没多会，一个行色匆匆的单身行人进入了他的视线。近了，更近了，待那人来到眼前，毛七寸套上面罩，闪身而出，手中尖刀一指，沉沉地喝了一声："站住！"

那人吓了一跳，定了定神儿，问："有事儿么？"

毛七寸气势汹汹地说："废话！装什么糊涂？把钱财留下！"

没想到那人不仅不怕，反而乐了："呵呵，就你？要劫我？玩笑开大点儿了吧！"

毛七寸一愣，不明白这话是什么意思，提高声音威胁道："少啰唆，不然别怪我对你不客气！老子有人命在身，是刚从大西北逃出来的!"说着,他把刀子晃了晃。

那人听到这话,竟然哈哈大笑起来。

毛七寸见对方不信,吓唬道:"老子在新疆蹲了八年。"

"嗬!遇上同道啦。请问哪个监狱呀?"那人一边慢吞吞地问,一边从容地掏出根烟点上,猛吸一口,轻松地吐出一串烟圈儿。

"石……石河子监狱。"毛七寸回答。

"笑话!是自己弟兄我怎么不认识啊,我就刚从那儿出来,要不要看看释放证?"

毛七寸一听这话慌了,仔细一看,对方剃个光头,却留着满脸杂乱的大胡子,穿着牛仔裤,拎个旅行包,风尘仆仆的,确实像个刚出狱的囚犯。

毛七寸说:"我没唬你。不过我说错了,不是石河子,是第三监狱。"

"第三监狱?"大胡子往前凑了凑,"那我问你,监狱长姓什么?狱政科长叫什么名字?"

毛七寸不由自主地往后退了退,急忙改口:"我在那没呆几天就转到别处去了。"

"得了吧,呆了几天也该知道监狱大门朝哪开,知道有几栋监舍吧?还有,食堂在什么位置?厕所在哪个角上?"

"这……"

"说呀!说对了,我身上的东西全归你。"大胡子一副猫玩老鼠的悠闲神态。

大冷的天,毛七寸却冒汗了。妈呀,遇上煞神啦!他哆哆嗦嗦地用刀子指着那人,慢慢地倒退几步,一转身,撒腿就跑。

"站住!"大胡子大喝一声。

毛七寸倒真听话,立马乖乖地"定格"了。

"哼!小样儿,就这两下子呀!"大胡子走过来,下了他的刀。

"大哥,对不起,冲撞了,我是假冒的。"毛七寸吓得头都不敢抬了。

大胡子恶狠狠地说:"你假冒什么不好,非得冒蹲监狱的杀人犯?你是不是觉得蹲监狱很好玩?这下我成全你,正好我出来了,空出一个名额,你进去体验体验,过把瘾吧!"

"大哥……"毛七寸不知道该咋说了。

"少装熊!起来,跟我走!"大胡子喝道。

"大哥,上哪?"毛七寸爬起来,怯怯地问。

"派出所。"

"大哥,你真忍心让我去顶你的位置?"

"哼!你想得倒挺美!"大胡子不屑地说,"你想顶我的位置?告诉你,你还不够资格!"

毛七寸连吓带急,立刻就瘫那儿了。

这时,一阵马达声响,雪亮的灯光由远而近,两名警察分别骑着巡逻的摩托车从胡同口缓缓而过,大胡子手疾眼快地把毛七寸往阴影里一拉,才没被发现。

毛七寸吓得差点尿了裤子。可这下子,他更纳闷儿了,大胡子原说要把他送派出所,可见了警察又躲着,这葫芦里到底卖的什么药啊?

"大哥,你……"他刚要问,大胡子摆摆手制止了他,"别啰唆,跟我走!"说着,他拉着毛七寸就走。

"大哥,你就饶了我吧!"毛七寸哀求道。

大胡子想了想,说:"不上派出所也可以,但你得答应为我办一件事。"

"行!行!"毛七寸拼命点头,又小心地问,"大哥,只是……那事儿犯……犯法么?"

"你还怕犯法啊,刚才怎么想的!"大胡子黑着脸说。

毛七寸无奈,只好耷拉着脑袋跟他去了。

到了地方，把要干的事情跟他一交代，毛七寸乐坏了。原来那大胡子并不是什么劳改释放犯，而是个导演，拉毛七寸来当临时演员呢！不过安排的不是什么好角色，让他演犯罪团伙成员，五花大绑上刑场。

围观群众人山人海，刑场军警密布，虽然是演戏，但森严的气氛也让人紧张。

警笛声声，警灯闪闪，毛七寸等几名死刑犯被押下车，跪成一排。场内忽然静得出奇，行刑人员"喊嚓咔嚓"拉枪栓，子弹上膛的声音都听得清清楚楚。执行人员一挥小旗，一阵枪声响起，毛七寸和几个同伙一头栽倒在土坑里。

大胡子导演非常满意，赶紧跑过来给毛七寸松绑，嘴里连说"辛苦、辛苦"。可等绳子解开，毛七寸却怎么也站不起来了，抬头见是大胡子导演，突然扑上来抱住他，放声大哭。

大胡子导演拍着他的后背，安慰道："别怕，别怕，咱这不是在排戏嘛！假的，假的，而且不会让你白辛苦，等会还会给你劳务费的。"

毛七寸止住哭，抽抽搭搭地对大胡子说："我知道是假的。我这是后怕呀！我可不要什么劳务费，我还得给你送礼呢，要不是遇上你，我抢劫成了，顺道走下去，有一天不就真成这样了么！"

（李清林）

题图：李　加

经济头脑惹的祸

　　开车跑运输的王山生自以为自己有经济头脑,这天他跑长途运山货,返程时顺道去梨花村给岳父捎两袋化肥,省了汽油又了却了妻子交待的大事,心里很得意。

　　没想返回时车刚开出梨花村,雨后初晴的乡间土路上积水成了洼,车轮胎在洼里"刷刷"地打滑,不但出不来,还越陷越深。没辙,王山生只好下车,向附近干活的老乡求援。

　　老乡们一看,不就是要推一把嘛,热心地互相吆喝着,就一起过来了。

　　王山生于是重新跳上车,把住方向盘,使劲轰油门,乡亲们纷纷脱了鞋,打起赤脚踏进泥水洼中,在后面帮着推。"嗨哟嗨哟"十几个人手推肩顶,齐声呐喊,王山生趁势一轰油门,"呜"的一声,车子终于驶出了泥水洼。

王山生本想停车给乡亲们散支烟,道声谢,但脑筋一个急转弯,心想:现在大家都有经济头脑了,万一这些人提出要报酬,怎么办? 他眉眼一转,"笛笛"两声算是向这些人表示感谢,然后车子一刻没停就直直地向前冲去,一口气驶出了十几里。

到家时天已不早了,王山生把车往院里一停,进屋时发现妻子正站在屋门口等他,就讨好地说:"化肥我给咱爸捎去啦!"

没料妻子黑着脸,气呼呼地说:"还咱爸呢!"

王山生如坠五里雾中:"我是给咱爸捎去了呀,不信你打电话问问。"

妻子恶声恶气地说:"还问什么,咱爸的脸都被你丢尽啦!"

王山生一摸后脑勺,想起推车的事,猜想一定是岳父知道了,而且和妻子通了电话。可他心里挺不服气:不就是推一把吗,就一定得给钱?

王山生头一扭,对妻子强辩说:"现在的人,哪个没一点经济头脑? 我……我能停车吗?"

妻子一听他还有理了,气得都快要哭出来了:"你看看后车厢里,你拉回来啥啦? 你当别人都和你一样,良心钻在钱眼里了? 还什么经济头脑哩!"

王山生犹犹疑疑地走到车后面,一看就傻了眼,猛捶自己的后脑勺:"我怎么做下这等事了?"

后车厢里,排着十几双各种各样的旧鞋子,都是梨花村那些乡亲们帮他推车时脱下的。

(田俊豪)

(题图:李 加)

白忙乎

　　叶灯长了一副花花肚肠，还有些心理变态。他把自己家多余的房子出租给了一对新婚的小青年，在人家入住前却做了手脚，在隐蔽处安装了一个针孔摄像头，准备在隔壁看"免费小电影"，偷窥人家小夫妻的私生活。

　　小夫妻搬过来的第一个晚上，叶灯打开机器，准备偷窥，可看到的却是一片花花绿绿的色彩，仔细琢磨图案，好像是件什么衣服。这一夜，他自然一无所获。

　　第二天，他找了个借口到隔壁一看，果然，镜头的上方被人家钉了个钩子，上面挂了一件女衬衫，歪打正着把视线挡了个严严实实。叶灯好沮丧，但又不能不让人家挂衣服吧，只好等着碰运气，说不定什么时候钩子上不挂东西了呢？

到了晚上,叶灯故伎重演,又开始偷窥,可镜头前还是啥景物都看不到,而且一连几天都是如此,把个叶灯折腾得像热锅上的蚂蚁团团转。

经过几天的冥思苦想,叶灯总算想出了个办法。他去街上买了个衣架,等人家小夫妻一下班就送过去,搓着手,一副不好意思的样子,说:"我买了个衣架,可回来一看,和自己的家具不太配,想起来你们好像没衣架,就放在这边给你们用吧。"小两口非常感动,连声称谢。

到了晚上,叶灯喜滋滋地打开机器,一看,又傻眼了,镜头前还是一片模糊。第二天,他又找借口过去看,差点没气晕过去:衣服是挂衣架上了,可那枚钉子也没闲着,挂了一件竖幅的画作!

叶灯急了,他要根本解决问题,他想好了,要找机会,把摄像头挪到天花板上去。两个月后的一天,这对小夫妻终于出远门去了,叶灯赶紧溜过去,给镜头挪位置。可谁知才干了一半,小夫妻俩突然回来了,叶灯被当场逮了个现行。事情败露,惊动了派出所,结果是,叶灯不但退还小两口全部房租,还赔偿他们精神损失费一万元。

叶灯偷鸡不成还弄了满手屎,真是王八钻灶坑——又憋气又窝火,满街的人都不用好眼光瞅他。邻居们断言说,发生了这种事,叶灯那房子是再也不会有人来租喽。

这天,叶灯正在家里犯愁,突然有人敲门。开门一看,是一男一女两个年轻人,看他们抱胳膊搂腰的亲热样子,是一对恋人。

见了叶灯,他们开门见山就问:"听说你有房子要出租?"

叶灯一听,喜出望外,连连点头。

对方提出要看看屋子,叶灯急忙打开房门,请他们进去看。两个年轻人在屋子里上上下下仔细地检查,连犄角旮旯都不放过,叶灯跟在后面有些奇怪:"你们查什么呢?"

那女的看样子是个老实人,说:"跟你说实话吧,我们是在检查这房间是否安了摄像头。"

叶灯吓得急忙摆手:"没,没,我发誓,绝对没有。"

那女的看叶灯着急的样子,乐了,笑着说:"真装了才好呢。"

见叶灯一时没反应过来,她又说:"你没听说吗?有对小夫妻,租了人家房子,那房东偷着安了摄像头,他们一开始就发现了,先用东西挡着,假装不知道,过段时间找个机会告到公安局,抓了那蠢房东一个大憨头,不但房租退回,还白得了上万元赔偿金。"

叶灯听到这里,窝囊得捶胸顿足,把脑袋在墙上撞得"咚咚"响。

(李　末)

(题图:李　加)

生意经

　　立秋了,仓库里积压了几百条夏装男裤,占了资金不说,以后款式一过时,明摆着是要卖不掉的,老板为此愁眉不展。

　　业务员小张觉得这是个可以显示自己聪明才智的机会,绞尽脑汁想了一夜,第二天找到老板说:"我有办法处理这批货。"

　　老板急着问:"什么办法?"

　　小张说:"咱们公司在乡下不是有很多客户吗?把货批给他们去。"

　　老板摇摇头:"你以为现在乡下人还像从前一样光图便宜啊?"

　　小张眨眨眼说:"我们把这裤子每十条一包包起来,但在发货单上只写八条,假装是发错了。那些乡下人以为占了便宜,肯定会买下来的。"

老板明白了小张的意思,哈哈笑道:"这倒是个不错的主意!那……这事儿就交给你去办,货脱手了,我就用这每包两条裤子的利润给你奖励!"

不久,小张就被老板叫了去。他还以为是老板要给自己奖励了呢,谁知乐滋滋地走进老板办公室,却见老板脸拉得老长,见了他开口就骂:"都是你出的馊主意,这批裤子被他们退回来不说,每包还都少了两条!"

（王安沛）

（题图:李　加）

手机监视

前不久,老婆给马健换了一个可以拍照的手机,用意很清楚,她想利用这个移动监视器加强对马健的监管,随时随地知道马健的行踪。

这不,换了手机后,只要马健下了班还没到家,老婆就会发短信来问,无论此时他人在哪里,都得马上发个"实况"回去。

不过,老婆精,马健也不笨!在做了一阵子的"模范丈夫"后,马健终于想出一条妙计:每天下班前,他都会在办公室里预先拍下几张"实况"储存起来,然后放心地去同事家打牌,老婆发短信来,他就说是加班,顺便把预拍下来的"办公室实况"发几张回去。嘿嘿,神不知鬼不觉,老婆再精也不可能想到他还有这招!

果然,老婆开始唠叨:"你最近怎么老是加班?"马健心中暗暗得意,却故意装出一副愁眉苦脸的样子,叹着气说:"领导让加班嘛,我又没办法。"

那天是星期五,公司没什么事做,才下午三点钟就可以下班了,马健几个便直奔阿明家去打牌。当然,离开前马健没忘记拍几张"实况"带着。

牌桌上正热火朝天的时候,马健老婆的短信来了。马健按老规矩,发了一张"实况"回去,照片里,他正坐在办公桌前,身上穿着老婆昨天刚买的蓝衬衣。

马健满以为可以万事大吉了,谁知,一把牌还没抓完,手机铃又响了。马健忙对大伙儿"嘘"了一声,翻开电话盖一听,是老婆的声音。老婆在电话里说:"下午我妹妹来了,又哭又闹的,还嚷着要离婚……手机话费太贵,你在加班,就用办公室的座机打回来吧,我给你慢慢说。"

什么,办公室座机?马健一慌,支支吾吾地说:"办公室电话……坏了……打不了……"

"哦,那等你回来再给你说吧。"

马健正巴不得呢,赶紧说:"好啊,回来慢慢说不迟。"

可老婆还不肯放下电话,她顿了顿,突然问:"现在几点钟了?"

马健回头一看阿明家墙上的挂钟,笑着说:"六点啊。"

"不对,你没看错吧?"

"是吗?"马健捂紧手机,小声问阿明,"几点了?"

阿明跳起来,迅速在几个房间兜了一圈,都一个时间:"六点零九分!"

马健底气十足地对老婆说:"现在是六点零九分嘛!我背后就有个大挂钟,怎么会看错?"

"真没看错?"老婆在电话那头似乎有点将信将疑。

马健不假思索地说："当然没错了，马上就六点十分啦！"

突然，老婆的口气变了，怒气冲冲地朝马健吼道："说，你到底在哪里？"

马健一惊，结结巴巴地说："不是都说了嘛，在加班，还发过照片给你……"

"照片？"老婆一声冷笑，"那你就好好看看你发回来的照片！"

马健赶紧打开手机，一看，登时傻了眼。原来他刚才发回去的实况照片，背景里正好有个钟，钟面上的时针指着'3'字，这不就是他离开办公室的时间嘛！

（马　丽）

（**题图**：李　加）

超规格接待

　　小张被提拔为办公室主任后,最让他头疼的事情就是不知道该如何区分来人的重要程度,因为这影响到接待规格,他必须搞清楚。

　　不过小张是个聪明人,没过多久,还真就让他从老总跟人握手这个细节上,琢磨出了点名堂:凡是特别重要的人来,老总老远就满脸堆笑地迎上去,双手紧紧握住对方的手,好久都不松开;比较重要的客户来了,老总一只手握着对方,另一只手则总是拍拍对方肩膀;而对普通客户,他往往只是礼节性地握手,时间不会超过三秒钟。

　　按照这个原则判断,小张还真就没有失误过。

　　这天,一位中年人来拜访老总,老总喜出望外:"哎呀,老同学,好久没见面了,今天你咋想起我来了?"说着,张开双手就扑上去,和中年人热情拥抱、握手。

小张一见这情景,明白了,赶紧吩咐秘书:"午餐按最高标准,去宜兴轩。"宜兴轩是城里最大的酒家,除非是非常重要的客人,一般老总轻易不去那里。

到了中午,小张兴冲冲地去请老总和客人,谁知老总一听去"宜兴轩",脸上竟掠过一丝不快。席间,老总虽然谈笑风生,但小张总感觉到老总的情绪里有那么一点不对头,心里不免七上八下的直打鼓。

下午一上班,小张就被叫进老总办公室训话:"你以前做事挺妥当的,今天这人又不重要,为什么把接待规格搞得那么高?"

小张只好支支吾吾地把自己的判断标准说了出来。

老总一拍桌子,大怒道:"你怎么看不出来啊?我这同学刚刚调去报社当记者,我怕他是来我这里暗访,怕他身上带了微型录音机那玩意儿,所以才扑上去查查……"

(孟　君)

(题图:李　加)

夫妻斗法

小三与老婆青梅竹马,从小就叫老婆"姐姐",到现在也没有改过来,对老婆仍是又敬又畏的。

老婆工作很忙,经常要出差。两个月前,老婆出差,吩咐小三说,晚上不要出去玩得太迟。小三答应得很爽快,可实际上却是左耳进右耳出,打牌到深夜才回家睡觉。

第二天中午,老婆回来了,一下就把小三打醒,揪着他的耳朵,把他拖到窗边,说:"你看看,你车子停在哪里?"

坏了!小三一看就明白了。楼下有四个车位,从里到外,谁先下班谁先停里面的车位。停在最里面的一般是201室的小张,那是个顾家的男人;第二个车位基本是自己的;第三个车位是402室的小李,人家还在奋斗中,每天加班到晚上九点多钟;最外面的车位就归 502 室的孙海,那是个滥赌鬼,每天不到凌晨两三点钟绝不会回家。现在自己的车子竟停在最外面,简直是不打自招地告诉老婆,自己比滥赌鬼回家还迟!

过了一个月,老婆又出差了,小三回家更迟了,到早上八点多钟才呵欠连天地开车回来。他惊讶地发现,最里面的车位竟然空着,小三连忙就把车停了进去。

可是很不幸,他又被老婆打醒了。他无比委屈地说:"我比 201 的小张回来还早呢,你看我车子停在最里面,为什么还打我?"老婆哼了一声,说:"今天小张全家出游,他们的车八点才开走。他们不走,你能把车停在这个位子上?哼,还在我面前耍花样!"没办法,小三只好点头认错。

小三这个人,承认错误很快,却改不了毛病,这天又彻夜不归了。不过,这次不知是哪位天使大姐保佑他,自家的车位居然空着!小三停罢车,下车后东张西望,看了又看。最里面是小张的车,然后是自己的,再是小李的,最外面是孙海那个滥赌鬼的。没错,一切正常,于是他就定定心心地上楼睡觉了。

刚钻进被窝,小三的老婆就回来了。天,真险哪!小三暗自庆幸,谁知老婆一把掀开他的被子,问道:"你什么时候回来的?"

小三斩钉截铁地回答:"当然是昨天下班就回来了!你没看到车就停在自己车位上的吗?"

"当——真?"

"当真!"

"果——然?"

"果然!"

"然你个头!"老婆给了小三一个响亮的"毛栗子",冷笑着说,"我刚才上楼前摸过了,你那车前盖还是烫的!"

(朱　艳)

(题图:李　加)

半夜惊叫

柴虎是一位打工仔,住在一个简陋的出租屋里。这天夜里,他已经睡得很熟了,却突然被"啊"的一声惊叫声吵醒,他猛地坐起来,警觉地竖起耳朵听,但四周一片寂静。他怀疑自己是在做梦,就又躺了下来。

然而,他的头刚挨着枕头,那刺耳的"啊"声又响了起来,柴虎心脏不好,又有神经衰弱的毛病,睡觉时被吵醒就再难入睡了。看看表,这时才两点多钟,他胡思乱想躺了好几个小时,也没睡着。

由于没休息好,第二天干活的时候,柴虎总想打盹,所以这天天一黑,他早早就睡下了。不料昨天的事又重演了一遍,这一夜,柴虎瞪着眼睛直到天亮。

就这样，一连持续许多天，柴虎眼圈都黑了。

柴虎听得出来，那叫声是从他东边相邻的屋子里传来的。经过观察，他发现那屋住的是一对年轻夫妇，还有一个出生不久的孩子。

柴虎实在憋不住了，这天一大早，他就来到东屋。正好人家两口子都在家，柴虎拐弯抹角地说起夜里发生的事。

那抱孩子的女人听了，解释道，她和丈夫都是来这里打工的，孩子才几个月大，由于放灯的地方离床有点距离，为了夜里冲奶方便，她丈夫就去买了一个台灯。这台灯是声控的，售货员示范时一拍巴掌就亮，再拍巴掌就灭，没想买回家后才发现上了当，拍巴掌，那台灯却无动于衷，只有加大声音力度，才能见效。所以每天夜里喂奶时，她丈夫只好"啊"的大叫一声让灯亮，喂完奶再大叫一声关灯。

原来是这么回事！

柴虎脑筋急转弯，一个想法冒了出来。他说自己以前在灯具厂工作过，可以帮忙修理台灯。

那丈夫一听可高兴了，马上找来螺丝刀等工具。

柴虎装模作样鼓捣了一会儿，最后两手一摊，遗憾地说：零件坏了需要更换，只有找商店联系厂家去修了。末了，他还说这种声控的灯不耐用，最好换成其他类型的。

那丈夫有些失望，只好把台灯收起来。

柴虎回到屋里，一个劲地偷着乐，满认为这下夜里可以睡个安稳觉了，不料半夜里他又被他们的叫声惊醒，而且，这次不是只叫一声就完了，而是一直不停地叫，一直叫了十几分钟才停下来。每叫一声，柴虎的心就加剧跳动一下，他甚至感觉到自己的心都快要跳出来了。

直闹了十多分钟，那屋才静下来，不用说，柴虎又是在瞪大眼睛、抚着胸口的煎熬中盼到天亮。

起床后,柴虎去东屋问个究竟。女人告诉他,昨天他走后,她丈夫就去了商店,但因为当时买的是处理品,所以不能更换,只好拿回来勉强着继续用。但没想这灯经柴虎修理过,毛病更大了,有声音时它才亮,声音一停它就罢工,所以要不停地出声,才能让它不灭。女人叹了口气,说:"就凑合用吧,在被窝里叫几声,总比下地去开灯、关灯省事呀!"

女人说着话的时候,她丈夫急着就要出门。丈夫抱歉地对柴虎打招呼说:"对不起,我得去药房,夜里叫了那么多声,嗓子都哑了,得赶快吃药,不然,今晚叫不动了。"

"慢,你等等!"柴虎拦住他,苦着脸说,"你去药房,顺便给我捎点安眠药来吧!"

(刘六良)

(题图:李 加)

我要「单贵」

阿义长得细胳膊细腿,在工厂当技术员,一副文弱书生的模样,可他却娶了个人高马大的老婆,是个典型的"妻管严"。

这天,阿义和同厂的几个哥们儿在外面喝酒,不知不觉喝到晚上十点,想起老婆的约法三章,阿义赶忙起身向众人告辞,准备回家。

这时有个哥们不乐意了,抹抹嘴巴揶揄阿义说:"你可真是娶个老婆扛座山,天天围着屁股转!"阿义脸一红,搓着手"嘿嘿"干笑:"是啊,拖家带口的,不像你,是'单贵'。"

"单贵"说的就是单身贵族。那哥们一听,嗓门更大了:"对啊,我就是单贵,来去如风,自由自在,哪像有些人哪,老婆在家吼一吼,端着酒杯手发抖。"

阿义被这么一番奚落,脸上挂不住了,于是一屁股坐下来,直喝得酩酊大醉。

半夜里,几个人把阿义架着回了家,老婆见他醉成那样,忙绞了热毛巾又给他擦手又给他擦脸。哪知阿义胳膊一挥,仗着酒精豪气冲天,对老婆大声叫道:"我要单贵!知道不,单贵!"老婆听得莫名其妙。

第二天,阿义醒过来已是日上三竿,迷迷糊糊想起昨晚发生的事,不禁脊背发凉。一看,老婆上班去了,床头柜上有张纸条,纸条旁边赫然摆着自己单身时用过的搓衣板。阿义战战兢兢拿过纸条,只见上面写着:亲爱的老公,我已替你请假。另外,你昨晚酒后吐真言,嚷着要"单跪",于是我只得翻箱倒柜找出你早就不用的搓衣板。请千万不要辜负我的一番好意,你可以将它置于墙角,单膝跪下,每隔一小时两腿交换一次。中午我有事,晚上回来验收成果。老婆。

(皮 儿)

(题图:李 加)

耐 人 寻 味

　　每个人都有他的隐藏的精华,和任何别人的精华不同,它使人具有自己的气味。

鬼怕大肚

这是一个在民间流传甚广的故事。

说将军乡有个乡长叫林大肚,虽不是什么大官,可凭着执掌一乡的权力,不但吃出了花样,吃出了档次,还吃出了名气,吃得几个乡办企业叫苦不迭;有来必请吧,还真开销不起;拒之门外吧,却又不敢开口。毕竟是一乡之长嘛,得罪了土地爷,吃不了兜着走。

有个年轻厂长气不过,私下里联系一伙人给县里写信,告林大肚"吃拿卡要",却不知怎地,这信七转八转竟然转到了乡里。这下给林大肚抓住了"把柄"。碰巧那个年轻厂长要征地扩展厂房,盖了46个图章,最后一关却卡住了。卡在哪里? 卡在林大肚的手里。

俗话说得好："官逼民反,民不得不反。"这天,年轻厂长在碰头会上和另几个"患难"厂长商量了半天,商定出一个"杀招"来:在乡长的座椅底下做个"机关",只要人一坐上去,便会被摔到机关中,虽说摔不死吧,也要摔他个重伤,而且,还要叫林大肚有苦说不出。

到了这一天,几个人还真把乡长给请来了!几个人正等着看好戏呢,却谁知那乡长一屁股朝这把"特制"的座椅上坐下去,奇怪,那椅子却不摇也不晃。那大肚子乡长可能吃啊!真是急坏了那几个人,他们趴到椅子底下一看,只见有几个小鬼正吃力地顶住机关,不让那乡长掉下来。

几个人感到奇怪,年轻厂长壮着胆子问道:"你们这些鬼好不晓事,怎么帮那个贪嘴的乡长?"

"我们也没有办法,这都是阎王的命令,"一个小鬼解释道,"阎王说了,这么能吃的人,阴间也招待不起啊。"

（邵智康）

（**题图**:李　加）

特殊身份

一个中年胖子和一男一女俩青年在饭店酒足饭饱,正准备付账,突然发现钱包都被偷了,更糟糕的是,他们所有的证件也都不见了。

三个人被服务员带到了饭店经理室。经理是个瘦子,他朝面前站着的这三位笑了笑,带着点嘲弄的口气说:"都被偷了,谁信呢?想吃白食,先跟我打个招呼啊!"接着,又问女青年:"什么单位的?"

女青年答道:"县文化馆的。"她看到瘦经理似有不信,急了,说,"你如果对我们的身份有怀疑,可以打电话到我们文化馆去问。"瘦经理看了女青年一眼,从裤腰上摘下手机:"好,冲着这位漂亮的小姐,就给你们一次机会。"可他按照女青年提供的号码一拨,电话里传来提示音:线路有故障,正在维修。瘦经理双手一摊,说:"只好委屈你们三位了。"

时间一分一秒地过去,正当三人苦思冥想脱身之计时,忽听"吱呀"一声门被打开,瘦经理刚才出去处理了一笔业务,又回来了,对三个人说:"这样吧,我也不想久留你们,你们说都是文化馆的,那就应该有文艺特长,如果你们能有办法来为自己证明这一点,我就把你们放了。否则,就别怪我不客气。"

三人一听有门儿,忙表示同意。

于是,他们被带到了饭店前厅。男青年称自己是搞美工的,便向店里要来一张纸和一枝铅笔,"刷刷刷"只一会儿工夫,一幅瘦经理的素描像便跃然纸上,惟妙惟肖。那女青年呢,也不含糊,走到饭厅的钢琴旁,纤细的手指轻轻一碰琴键,悠扬的琴声便从她的手指间飞出,一曲弹罢,在场的人都忍不住为她的精彩表演鼓掌叫好。

瘦经理转身问那个中年胖子:"你呢,你有什么特长?"中年胖子红着脸摇了摇头。瘦经理向那两个青年男女一摆手,说:"你们可以走了。"对中年胖子则把脸一翻:"就对不起你了。"

这时,男青年扯了扯瘦经理的衣袖,小声说:"他是我们的馆长。"瘦经理一愣,问中年胖子:"你是他们的头?"中年胖子将圆圆的脑袋点了点。瘦经理想也没想,说:"走吧,走吧,都走吧。"三人如释重负,赶紧迈步走向门外,中年胖子边走边回头说:"回去后,我们一定把饭钱送过来。"

饭店的大厨师见人都被放走了,一把拉过瘦经理:"你真相信那个胖子是文化馆的? 他可什么文艺特长都没有。"瘦经理显得很不耐烦:"他是馆长,是头儿,懂吗? 我是这饭店的头儿,可我会炒菜吗?"

（吉凤山）

（题图:李　加）

看看我是谁

今天洗澡的人特别多，刘福林好不容易才轮到一个喷头。

等洗完了身子，他开始湿头发，抹上洗头膏，站到一旁，用手指抓起头发来。刘福林洗头慢，没有十分钟抓挠头皮的工序，是不会冲洗第一遍的。十分钟过去了，刘福林用手试探着去摸水管上的毛巾。不料，摸到一手肥肉。

"摸啥？把手拿开！"那个被摸的男子厉声道。

刘福林吓了一跳，连忙解释："对不起，对不起，我在找毛巾。"他一边说着，一边双手小心翼翼地碰到了水管，摸到了毛巾，擦净了满脸洗头膏泡沫，这才发现面前站着的，是一个五短身材的胖子。刘福林心里嘀咕：个头不大，脾气倒不小。

十几分钟过去了，那胖子仍不紧不慢地洗着。刘福林头发的泡沫消失了,变成水珠,慢慢地往下流,刺得眼睛生疼,他不停地用毛巾擦揉。最后,实在忍不住了,他朝胖子说:"同志,请行个方便,让我冲一下头吧。"

胖子一抬头,嚷道:"什么?想找麻烦呀?嗯?刚才你捅了我一下,都放了你一码,现在还要抢位,嗯?"

刘福林被这一通训斥搞蒙了,嗫嚅道:"我不是抢,这位儿本来就是我的。"

"犟嘴!"胖子小眼圆瞪,"你还想抵赖?嗯?你给我放老实点!"

"你怎么能这样说话呢?"刘福林有点来气,提高了嗓门。

旁边几个人也都插话,替刘福林不平。

胖子用手指在空中捣捣他们:"哎呀,你们还想闹事呀?嗯?你们……你们等着!"说完,他扭动着身子,走出了洗浴间。

刘福林冲洗完了头,正在抹第二遍洗头膏时,身后猛地响起一声吼:"看看我是谁!"

旁边几个人突然爆发出一阵笑声。

刘福林用毛巾擦了一把脸,扭身一看,不禁一下子笑弯了腰。

只见胖子赤身裸体,双手叉腰,头上戴了一顶大盖帽。

（金　一）

（题图:李　加）

领导关怀

又到了教师节，校党委召开常委会，内容包括优秀教师的评选、表彰、先进事迹介绍等。张校长觉得这些项目没有新意，一个劲地摇头。

这时，赵副校长提供了一个重要线索：中文系的孟副教授患了慢性肠炎，正在七八九医院接受治疗。赵副校长说："这个孟副教授，平时不声不响，也很少和别人打交道。我们不妨在这个上面做做文章，想点办法。"

张校长一听，连声说："好，我们校领导可以轮流到医院看望那个……姓什么来的副教授。"

"姓孟，孟副教授。"赵副校长在旁边提醒道。

"我们轮流到医院看望孟副教授。"张校长继续说，"多买些慰问品,可以向财务处报销,工作需要嘛。还有一点,绝对不能忽视,宣传处工作要跟上。电视录像、新闻报道要重点突出。总之,要掀起我校尊师重教工作的新高潮!"

不久,张校长来到七八九医院,他紧紧握住孟副教授的手,把个孟副教授感动得热泪盈眶:"感谢领导在百忙之中来看望我这样一名普通教师。"

"应该的,应该的,早就应该来。感谢您为我校作出巨大贡献!"

"你们来看我就很感激了,干吗还要带东西啊?"

"应该的,应该的,学校财政再困难,这点钱还是花得起的。您本人、家人有什么困难尽管提,我们一定尽力解决。您想吃点啥好东西,就吃点啥好东西。原先对您关心得不够,惭愧呀,惭愧。我们工作中的不周之处,还要请您谅解。"

张校长又转身对孟副教授的老伴交待道:"一定要把老孟照顾好,必要时,学校派人帮助你们。把老孟的伙食调理好,别怕花钱,钱不成问题嘛!"

如此热情的关怀,把老孟的家属们感动得涕泪横流。

以后的几天中,陈书记、赵副校长、董副校长、周教务长、吴副教务长等,分别来到七八九医院,给孟副教授送去了温暖。

周五上午,张校长又一次带人到七八九医院,但他们来到病房,却惊呆了:患慢性肠炎的孟副教授,突然死了。

他的枕边,发现有大剂量的安眠药片空盒和一封遗书:

不要骗我! 不要再骗我了!

你们都在骗我。我知道我在这个世界上的时间不多了。感谢你们在我弥留之际,在我生命的最后时刻,前来看我。我这几天感觉腹内阵痛,才算明白你们让我"想吃点啥就吃点啥"的真正含义。什么肠炎,骗人的鬼话! 最近几天校领导的异常行动,才让我知道自己患了肠癌。长痛不如短痛,就这样算了吧,该走就走,再留恋也没有用,免得增加大家的负担。

让我走吧!

张校长看完信,直摇头叹息:"可惜,可惜,这个老孟,也不好好看报,了解一下形势。"

(王宗宽)

(**题图**:李　加)

闹

会

王顺能吹善侃。

这天,村里开党员大会,乡党委派人来考察村支部班子,说白了就是让党员给老支书提意见。王顺早早地来到了会场。

党员会一开始就充满了火药味儿。一个刚从部队退伍的青年党员大着胆子说:"支书私心太重,大吃大喝,每年花公款两三万,群众意见很大! 我在部队也四五年了,从来没见有这样的领导!"

会场里的气氛相当严肃,老支书铁青着脸,不说话。王顺眼珠一转,"嘿嘿"笑了两声,冲着刚才发言的那小伙子说:"你刚回来,别站着说话不腰疼。老支书长年累月辛辛苦苦,住在村委会,吃在村委会,这是典型的以村为家。""哈哈"一阵哄堂大笑。

老支书狠狠地瞪了王顺一眼,王顺只当没看见。

气氛开始活跃起来。又有个党员提出:"咱村里的基建搞得不好,老支书该负主要责任。"

"不对,不对!"王顺马上反驳道,"老支书把建小学的工程承包给他的小舅子,是为了便于管理。至于盖得不结实,那是水泥质量不高,应该是水泥厂的责任,哪能错怪老支书呢? 我说你们意见提归提,但责任总该分清吧?"

立刻,又有个党员提出:"老支书平时对大家关心不够,尤其是村里那些贫困户,啥时候见他去看一看、坐一坐啦? 这是大家平时都看到的,总不会有错吧?"

哪知王顺这回把话说得更具体:"胡说,我亲眼看见老支书给年轻的妇女主任披过大衣,还摸着她的脸蛋问冷不冷!"

"哗——"笑声、掌声立刻响成一片,把屋顶都要掀翻了,大家夸王顺发言有水平。

老支书面红耳赤,哭笑不得,嘴里嘟囔着:"好,好,算我瞎了眼,白培养了你,"

事后,王顺心想:坏了,我这党员八成要不行了。没想到,支部改选,大家把王顺给选上去了。

(梁挺爱)

(题图:李 加)

报名而入

有一天,大刘、小马和小梅三个趁总经理出去开会,门一关,躲在屋里打起了扑克。

正热闹着,"笃笃笃",有人敲门,小马问:"谁呀?"门外的声音冷冰冰的:"我,杨建高。"小马、小梅一听,脸都白了,赶紧手忙脚乱地藏扑克牌:"不好,杨总回来了!"

大刘却不慌不忙,肯定地说:"准是隔壁小王那家伙吓唬咱们,杨总才不会这么叫门呢!"他边说边悄悄走到门后边,猛一下突然把门拉开,嘴里还嚷着:"兔崽子,你敢吓唬老……"可是话没说完,他两眼就直了,讷讷地说:"杨……杨总,真是你?"

杨总铁青着脸走进门,狠狠瞪了三人一眼,没说一句话,走到报架旁,找了找,没找到想要的报纸,就走了。

　　杨总一走,小马和小梅都埋怨大刘。大刘直叫冤枉:"我和杨总是多年邻居啦,从来没听到他叫门还连名带姓一块报,每次敲我家的门都是'我,老杨'、'我,建高'的,再说声音也不像呀!"

　　小梅听大刘这么说,忍不住朝他直撇嘴:"你呀,太孤陋寡闻了,杨总敲门时的自称多着呢,你真不知道?"

　　大刘洗耳恭听。

　　小马介绍说:"杨总还不是总经理的时候,敲总经理的门时总是说'我,小杨',其实那总经理还比他小十多岁呢! 还有一次,我开车送他去给市里一个领导拜年,你猜他怎么报的自己?"大刘问:"怎么报的?""我,狗剩呀……"

　　一边的小梅正喝着茶,一听这话,"噗"的一声,乐得嘴里的茶水都喷了出来。她"咯咯咯"地笑个不停,好不容易忍住了,说:"你这么一说,我还想起了一件事,不过你们两个别出去瞎说。"她压低声音,说了起来,"有一次,我在总机室和胡美丽下跳棋,有人敲门,胡美丽就问'谁呀'……"

　　胡美丽和杨总之间的亲密关系,是公司里公开的秘密,大刘和小马听到这个"热点新闻",都兴奋起来,好奇地问:"他是怎么回答的?"小梅粗起嗓子:"是我,咩——咩——"对呀,"杨"的谐音不就是"羊"么? 想起杨总学羊叫时核桃般老脸的表情,三人笑翻了天。

　　这天的闲聊也就这么过去了,谁也没当回事,至于杨总在不同场合、面对不同对象到底报过哪些名,谁也没有多在意。几年以后,有一天,大刘到一所监狱的劳改队去看望一个当狱警的朋友,两人正在办公室里聊天,"笃笃笃",有人轻轻地敲门,大刘的朋友问:"谁呀?"外面的人"啪"一个立正,报告:"我,623 号!"

　　623 号,是犯人杨建高的编号……

(黄　胜)

（题图:李 加）

三种敲门声

牛黄自从当了一家贸易公司的经理后，花花肠子便多了起来，偷偷摸摸地将小秘玉珠发展成了情人。牛黄的老婆是市经贸委主任的千金，就凭这个，牛黄也不敢得罪她。既然不能明目张胆地搞，他就为玉珠在市郊花园别墅租了一套房子，隔三差五地躲到那里去快活。

这一天，牛黄又跟玉珠在别墅里鬼混，忽地"笃笃笃"传来三声轻微的敲门声。

"我敢打赌，这一定是做保险推销的业务员。"牛黄煞有介事地对玉珠说，"这种人生怕得罪主顾，所以敲门时往往特别小心谨慎。"

玉珠有些不相信，赤着脚跑去开门，果然见一个夹着公文包的小伙子,微笑着对她说:"您好,我是保险公司的业务员,能允许我向您介绍一下我们的最新业务吗?"

玉珠正想答话,牛黄不知什么时候已经站在了她背后,冷冷地说:"你走吧,我们都买过保险了。"说罢,"砰"地一声关上门,把玉珠拉回床上,要接着亲热。

正闹着,猛地又一阵敲门声,"咚咚咚",比刚才保险公司那家伙急促多了。

牛黄对玉珠说:"别理他,这一定是收水电费、物业管理费的。这些家伙仗着是债权人,敲门时也趾高气扬的。"

玉珠惊讶地问:"你怎么只凭声音就能判定来人的身份?"

牛黄老到地说:"那当然,我在商场摸爬滚打了这么多年,什么样的人没见过!"

玉珠觉得新鲜,为了证实牛黄的判断,她又跑去开了门。果然见一个中年男子站在门外,没好气地责怪说:"敲了这么久也没人应,是不是想把三个月的水电费赖掉呀?"

玉珠这下算是真正佩服牛黄有本事了,付了钱把人打发走,回头就和牛黄猛一阵亲热。

没过多久,"砰砰砰",又响起了敲门声,这次的声音比前两次要凶猛得多。

玉珠开玩笑地对牛黄说:"专家,快算算,这次敲门的又是谁呀?"

牛黄一跃而起,惶恐地说:"凭这声势,不是公安局便是检察院。难道上次收红包那事儿发了?"

玉珠一听吓呆了,两人愣在床上,半天都没敢吱声。

"砰砰砰",那敲门声一声比一声大,一声比一声急。眼看不开是不行了,牛黄吩咐玉珠穿好衣服,整好被褥,自己也理了理头发,随后硬着头皮去开了门。

不料,门一开,却是先前那个做保险的业务员,他依然微笑着对牛黄说："您好,我是保险公司的业务员……"

牛黄真是气不打一处来,大吼一声："滚,做推销有你这么敲门的吗?就凭你这敲门声,我就要向你们公司投诉你!"

不料,他话音未落,便响起一个女人冷冰冰的声音："你有什么不满意的地方,到我这里来投诉吧,是我让他这么敲的!"只见小伙子背后猛地钻出一个女人来,横眉竖眼的样子,简直要把牛黄吃了。

牛黄一看,差点没栽倒,这下比公安局、检察院来人也好不了多少。那女人,正是牛黄的老婆。

（王熙章）

（**题图**:李 加）

学抽烟

　　老张自上任以来就不断有人给他送礼，送得最多的就是香烟。可惜老张不抽烟，他老婆心里舍不下，就半价把它们卖给楼下的小店。

　　偏偏第二天一早，老张在小区里晨练的时候，无意中听说现在送礼的手法越来越高明，最多的时候一盒烟里能卷进两千元钱。老张心里一惊：人家送我的烟里会不会也卷着钱呢？他马上赶回家，让老婆去楼下小店把那些烟再买回来。

　　老婆觉得挺为难，卖出去了的东西，怎么又能再买回来呢？可不去又不甘心，想来想去给老板说了很多好话，又另外在店里多买了两条烟，才算把事儿摆平。

　　老婆把十多条烟捧回家，堆在床上，随后就和老张两个人兴冲冲地拆了起来。他们拆了一条又一条,十多条烟没多会儿就散了一床,可连一分钱都没看到。老张安慰老婆说:"这次没有,或许下次会有,以后咱这烟可不能再拿出去卖了。"

老婆埋怨他说:"不拿出去怎么办? 你看这拆了的香烟,现在连送人都没法送。"

"别急,"老张说,"反正都是送来的,又不用我们自己花钱,就我来抽吧,不抽白不抽呗!"于是老张就学起抽烟来。

人家见老张抽烟,烟就送得更多;烟送得更多,老张的烟瘾也就越来越大。过了几年,老张因为抽烟过度得了肺癌,而且到了晚期。

眼看就不行了,弥留之际,老张的一张脸白里透着青,青里透着黑。老婆孩子围在他跟前,他瞪大眼睛张大嘴,老婆知道他有话要说,就把耳朵凑了过去。

只听老张费了半天劲,从喉咙里挤出一句话:"我闭不上眼啊! 我都抽了几年的烟了,怎么连一分钱也没抽出来啊?"

(孔丙己)

(题图:李 加)

你骗谁啊

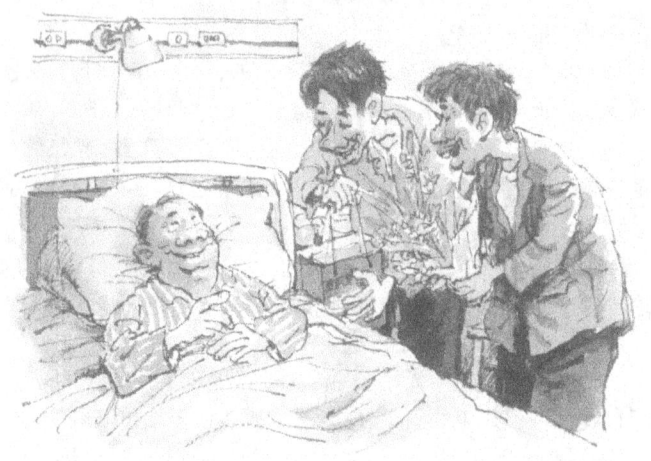

　　老林从领导位子上退下来后,得了一种怪病。啥怪病?他睡在床上,老是冲着老伴喊:"有人来了,快去开门。"可是老伴开开门,却不见人影。如此一而再、再而三地叫开门,开开门又不见人,他老伴就慌了,忙给在医院工作的儿子打电话。

　　儿子赶回家,连忙送老林去医院,可是老林住进医院之后,病情不但毫无好转,脸上的神情反而更呆板了。儿子请了许多同事一起替老林会诊,也没找出病因。

　　谁知就在束手无策的时候,奇迹出现了!

　　那天,老林的一位老朋友提着一箱脑白金来医院看他,老林突然没了以往的呆板样,变得有说有笑,就像他从前当领导时的模样。

老林的儿子愣住了,琢磨了半天,很快找到了治疗老林怪病的方案。

他找到一个当厂长的朋友,商量说,是不是能让这个厂的工人隔三差五地轮流去看看老林,并且去的时候要分别提一些名贵烟酒、水果、保健品之类的东西,所有费用则都由他来承担。朋友当然一口答应。

这一招果然奏效,老林很快就恢复了常态,于是便从医院回到了家里。

可遗憾的是好景不长,一个月后,老林的怪病又复发了,而且更加严重。

老林的老伴叹着气,对儿子说:"你爸的病怕是没指望了。"

儿子不甘心:"怎见得?"

老林的老伴说:"你爸知道我们在骗他。"

儿子大惊:"谁告诉他的?"

老林的老伴长长地叹了口气,说:"你爸说了,那么多人提着礼品来看他,却没有一个是求他办事的,这不正常啊!"

(胡爱林)

(题图:李　加)

接受规矩

东方公司从国外引进一套生产设备，为了保证设备的正常运行，对方派出一名叫"格里"的工程师来帮助一起调试。忙乎了一个多月，大功终于告成，公司决定宴请有功人员。按惯例，也请来了公司主管局的领导。

宴席开始，先由设备车间的车间主任致词。他从口袋里摸出讲稿，一句一句照本宣读起来："在局领导的亲切关怀下，在公司领导的统一指挥下，在格里工程师的大力指导下……"

格里不懂中文，翻译一句一句译给他听，他不时地耸耸肩膀，好像没明白车间主任在说什么。

第二天在车间里，格里又追着翻译问，翻译笑他一点小事居然这么顶真。谁知格里愤愤不平地对翻译说："你们主任昨天说谎,指挥安装调试设备的是我和你们的车间主任,不是你们领导。你们公司领导只来看过一次,局里的领导根本就没有来过。"

翻译给格里解释说:"这不叫说谎,这是规矩,说话就得这么说,这里发生的每一件事情,都要和领导挂起钩来。"

格里瞪大了眼睛,肩膀耸了起来:"这是什么规矩?"

不久,车间里有个工人违反操作规程,被机器咬掉了半截手指头,车间召开事故分析会,主任最后想听听格里的意见。格里用刚学会的半生不熟的中国话说:"在公司领导的直接关怀下,在主任先生的亲自指挥下,车间里不幸发生了一起工伤事故……"

不理解归不理解,格里接受这个规矩还是很快的。

(廖 钧)

(题图:李 加)

有 苦 难 言

人生里有价值的事,并不是人生的美丽,却是人生的酸苦。

疙瘩老汉看西瓜

　　三户人家在山坡地里种了西瓜，一家是疙瘩老汉，一家是福寿大爷，一家是狗娃大伯。

　　三位老人各搭了一个瓜棚，时常互相串棚，你来我往的，白天除了看看瓜地，翻翻瓜叶外，就是凑在一起摆龙门阵。

　　一天，福寿大爷家晒了一场谷，他回谷场守夜去了，临走交待两个老汉帮着看看他的瓜。到了傍晚，狗娃大伯的老伴发急病，他赶回去照料，整个瓜地就只剩疙瘩老汉一人了。

　　两位老人走后，疙瘩老汉仔细地把三家瓜地巡视了一遍，回到瓜棚，天已黑了，心里闷得慌，就拿出那大半瓶烧酒，以西瓜当菜，独自喝了起来。不知不觉，大半瓶烧酒下了肚，疙瘩老汉便昏沉沉地睡着了。

一觉醒来，已是第二天早上，太阳都晒到屁股了，疙瘩老汉爬起来就向瓜地跑。到了福寿大爷的瓜地，一眼看去，那个被称作"福寿王"的最大的西瓜不见了，平日里几个惹眼的大西瓜被摘去了，足有一担西瓜被盗。疙瘩老汉惊得脑袋"嗡嗡"响，他又一路小跑到了狗娃大伯的瓜地，妈呀，那个最大的"狗娃王"也不见了，几个大西瓜全没了影！他再跑到自家瓜地，还好，一个西瓜都没少，"谢天谢地，我疙瘩老汉八辈子积了德，连小偷都发起善心来了！"疙瘩老汉想到这里，不觉一阵庆幸。

回到瓜棚，疙瘩老汉心里不免内疚起来：让我帮着看瓜，却让贼偷了瓜，而我自己倒一个不少，小偷明里在"照顾"我，暗里却在让我疙瘩老汉背黑锅呀！这一下，这两个老头可要骂我祖宗十八代了！

疙瘩老汉越想越急，越急越怕，"哼，不能让人家说我的短！"他跌跌撞撞地在自家瓜地里跑着，一会儿弯下腰去，一把将那个最大的"疙瘩王"扯了起来，用力向山崖下扔去，一会儿又扯起十几个大西瓜，全扔下了山崖。疙瘩老汉一边扔一边嘟哝着："偷，让你偷个够！这下扯平了吧，总不好说我了吧？"

疙瘩老汉气喘吁吁地看着翻得乱七八糟的瓜地，终于缓过了一口气，心里平静了许多。

一会儿，福寿大爷来了，他走进瓜棚，看见疙瘩老汉苦着脸躺在草席上，便说："一大早我和狗娃大伯一起来过，你这个醉鬼，半天推不醒，我们各自摘了一担瓜回家去了……今年的瓜真甜啊！"

疙瘩老汉瞪着醉红了的双眼，半天起不了床……

（饶坤亮）

（题图：李　加）

人情债

　　老孙起床迟了，来不及吃早饭，到单位签到之后，便到旁边一个小吃店里，要了一碗豆浆两根油条。他刚要坐下吃，有人招呼他："老孙，媳妇没给你做早饭哪？"他抬头一看，原来是隔壁办公室的小王，连忙解释说："昨天看电视晚了，早上起不来。"

　　小王"呼啦呼啦"三口两口就把他那份拌面和炖排骨汤吃完了，这时，老孙的豆浆油条刚端上来。小王一看，说："你挺节约的嘛！"他起身招呼老板结账，指指老孙，说："把他的一起算上。"老孙不好意思，小王却满不在乎地说："豆浆油条又没几个钱。"

　　也是凑巧，这天中午，老孙走进一家快餐店，点好菜后挑了个角落坐下，正吃着，又听到了小王的声音。想起早上的豆浆油条，老孙心里七上八下的：不还人家这个情吧，脸上挂不住；可要是回呢，一份快餐最少五元，可那豆浆油条加在一起才一元多点，太亏了。老孙拿定主意，避而不见。正好他的位子背对着小王，于是就低着头，慢腾腾地吃他自己的快餐。

吃一顿饭，能花多少时间？老孙原想熬一会就熬一会吧。可没想熬了半天，突然听到小王在给伙计说要添饭，他心里不禁暗暗叫苦：盘里的饭菜眼看就见底了，吃完了总不能呆坐着吧？正巧有个伙计走过来，他只好也再要了一碗米饭，外加一份青菜。这顿饭，老孙吃得差点撑死，总算熬到小王吃完了离开。

这世界上的事情，有时候说巧也真是巧，老孙越是想避小王，反而却偏偏要碰到他。

这天老孙又起晚了，在单位签了到之后，又到旁边那家小吃店去吃早点，因为肚子特别饿，就破例多要了一份炖排骨汤。

刚吃了几口，老孙猛然看见小王远远地走过来了，他暗叫一声"不好"，心想，看来今天只好回请人家了。但要命的是，一摸口袋，糟，只有够付自己账的钱。

这可怎么办？想来想去办法只有一个，就是赶在小王进店之前离开这里。

老孙看着香喷喷的炖排骨汤，实在舍不得丢下，于是就开始狼吞虎咽。谁知一不留神，一根小骨头卡到了喉咙里，老孙也顾不上了，扔下钱就急忙冲出店门。回头再看小王，根本没进店，他是去隔壁西饼铺买面包的。

现在的问题是，喉咙里的小骨头他自己怎么也取不出来。怎么办？只得上医院。

经过一番折腾，骨头是取出来了，可诊疗收费单上的价格是三百元。望着这张收费单据，老孙真是欲哭无泪："这碗炖排骨汤也太贵了吧！"

（叶　飘）

（题图：李　加）

狗证难办

　　区综合管理办公室最近下了个通知,小区的养狗户都必须办理养狗证,否则一律捕杀。

　　老张家也有条爱犬,为办证,他专门请了半天假。

　　这天,老张吃过中饭就出门了,东找西问,总算找到了那个小小的办事处。一看,呵,来办证的人还真不少哪!老张排了一个多小时的队才轮到,交上十元钱,领了两张基本情况登记表。表很简单,无非是姓名、性别、年龄、家庭住址什么的,老张三下五除二就填好了。接着再排队,等候审验。

　　又等了一个多小时,老张终于站到了办证小姐的面前。办证小姐拿起他填写的登记表,瞄了一眼,二话没说就甩了出来。老张丈二和尚摸不着头脑,难道填错了不成? 他上看下看左看右看,怎么也没看出问题出在哪里。

老张小心翼翼地凑近办证小姐问道:"同志,这表……"

办证小姐极不耐烦地指指表格:"这么大的人,怎么变成狗了?"

老张仔细一看,差点没抽自己一嘴巴。原来他拿的两张表格,一张是人表,一张是狗表,他全给安到自己身上了。于是他赶紧掏出笔,"刷刷刷"几下就把表格上的人改成了狗。

改完了又重新排队,又等了差不多一个小时,老张又恭恭敬敬地将表格递了上去。办证小姐这次主动开口说话了:"涂改无效,到总部写申请,领新表!"

老张看她那蛮横样子,根本没有通融的余地,只好去总部写申请,领新表。这样折腾了一圈再回到办事处,已经快到办证小姐下班时间了。想想请假要扣工钱,老张就求办证小姐帮忙把自己的事给办了,可好说歹说不管用,他只得快快地回家。

第二天,老张只好又请了半天假,这次多少有了点经验,所以很快就通过了审验。办证小姐拿出一叠发票,面无表情地说道:"五十元审验费,一百元管理费,二十元工本费,另外还要两张近期彩照。"

老张硬忍着心里的火,商量着说:"钱有,可我没带照片,能不能帮……"

他话没说完,办证小姐已经转过身喊道:"后面一位!"

这是求人的事,老张再有脾气也不能发,只好乖乖地回家取来照片。这次总行了吧?原以为可以松口气了,没想到办证小姐朝他直翻白眼,没好气地说:"给狗办证,拿你的照片来干吗?"

这下动作可大了,得劳驾狗大人了。幸亏老张家附近有家照相馆。照相师傅很友好,没有因为给狗照相而人眼看狗低。可问题是狗不领情,怎么也不肯安稳地坐到椅子上,最后老张只好抱着狗来了张合影,五十元快照费一交,照片马上就到手了。

老张把狗送回家耽误了时间,他一路飞奔,终于在办证小姐下班之前赶回了办事处。办证小姐一看照片,撇着嘴说:"我们实行一狗一证制,你怎么把人的手也拍进来了? 哪里照的?"

老张摸着脑袋拼命地想:"叫什么……'春光'来着……"

"不行! 必须到'秋色'去照,那才是定点的证件照相馆。"

眼看今天请了假又是白费,老张几乎要跪下来了:"你就不能……凑合凑合吗? 不就是一张养狗证吗?"

"那哪行,我得按上面规定办。"

"那……我明天还得再来?"

"明天星期六,双休日这里不办公!"

唉,办个证咋这么难? 老张只好自认倒霉。他疲惫外加狼狈地回到家,倚在门边刚想喘口气,不料儿子冲出来朝他大叫:"爸,好消息! 咱家狗狗生了,整整十只! 哎!"

"我的爷爷呀!"老张"扑通"一声,瘫倒在地。

(张文刚)

(题图:李 加)

年龄概念

王老汉和同村的桂花婆婆渐渐有了那么点意思,王老汉的妻子死了二十多年了,桂花婆婆也守了二十多年的寡,两人都很想再成一个家。

王老汉想跟儿子说说这件事,但始终开不了口。一天,他喝了几杯酒,仗着酒盖脸,把儿子叫到跟前,鼓足勇气把事儿说了出来。说完了,脸涨得红红的,头垂得低低的,手心里全是汗,就像是一个做错了事的孩子。

儿子一听,结结巴巴地问他:"你……你这么一大把年纪,怎么还想这事?"

儿子的话让王老汉的一张老脸涨得更红了,再想想,自己的年龄也确实是大了一点,于是就再不和儿子提这事儿了。

可从此以后,王老汉的心里头总像堵着一块石头,人也没有先前那样勤快了,地里长了草也懒得动手去除了,倒是脾气变得越来越暴躁,动不动就和儿子吵架。

后来,到了夏收季节,地里的活儿多,儿子媳妇忙不过来,儿子就来找王老汉:"爹,你帮我把大畈的田盘一下。"

王老汉冷冷地看了一眼儿子,并不作答。

儿子急了,说:"爹,我跟你说话哩。"

王老汉问:"你跟我说什么话?"

儿子耐着性子又说了一遍。

王老汉又冷冷地看了一眼儿子,说:"我盘不了。"

儿子奇怪了:"你怎么一下子就盘不了啦?"

王老汉没好气地说:"我年纪大了,老啦!"

见王老汉说话气狠狠的样子,儿子也来了气,说:"你老了?你才过六十岁就老了?你看二伯年纪比你大,还不成天在地里忙活?"

一听儿子这话,王老汉满腔的怒火顿时发作了,他伸出手指,戳着儿子的鼻子骂道:"忙你个孙子王八蛋!老子想找个伴,你说老子老了;现在要老子干活,你又说老子不老。老子老不老,老子自己知道!"

儿子被王老汉劈头盖脸一顿骂,傻眼了……

(夏艳平)

(题图:李 加)

菜

盲

　　小刘在一家科研所工作，很忙，幸亏妻子贤惠，平时家里的事情很少让他插手。

　　这天，宝贝儿子过生日，碰巧是星期天，亲戚朋友来了不少，小刘见妻子忙不过来，便主动要求帮忙，上菜市场买菜。妻子反复叮嘱他说："买菜这活儿也不容易，你千万小心点，别让卖菜的给骗了。"小刘呵呵一乐，说："你放心吧，就你老公这智商，骗我的人还没生出来呢！"

　　小刘兴冲冲地来到菜市场，按照妻子关照的一样一样采购，大虾、螃蟹、土鸡……过秤时，他都探着腰，瞪大眼珠子盯着秤星。别看他平时埋头搞学问，可也知道小商贩喜欢在秤上耍手腕欺骗顾客，所以每称完一样东西，他都不放心地问一句："够秤了吗?"人家就说:"够了,够了,不信你看,这秤还高高的。"果然,那秤杆直往上撅,小刘心里暗暗高兴:想骗我? 没门!

顺顺利利地买齐菜,小刘大包小包地提着回了家。一进门,他把手里的东西朝妻子面前一放,得意地说:"胜利完成任务,请领导验收。"

妻子先没接话,随手就把放在最上面的大虾拿出来,放在鼻子下闻一闻,皱着眉说:"怎么有股氨水味? 不会是用尿泡的吧?"

小刘一听,鼻梁上的眼镜差点没掉下来,愕然问道:"咋还用尿? 难道水不够用?"

"用尿泡过的新鲜呀!"妻子说着,放下大虾,继续检查。

"鸡是现宰的吗? 是不是病死的?"

"猪肉肯定注过水,水淋淋的。"

"这些猪肠也有问题,太粗了,说不定是老母猪的。"

"黄鳝鱼不错,可别是养殖的? 听说有的地方现在用避孕药催肥鱼苗……"

"这羊肉怎么这么粗? 搞不好是用牛肉冒充的!"

"不对,不对,这牛肉怎么看上去有点像骆驼肉?"

妻子一面检查一面嘀咕,小刘听得后脊梁一麻一麻的,额头的汗"吱吱"就冒了出来:"老婆,不至于吧? 他们真的敢这么干?"

"你呀!"妻子连声叹气,后悔不迭地说,"都怪我,不该叫你这个菜盲去买菜。"

小刘心想:我吃了三十多年菜,咋还成了菜盲了? 他不服气,把一袋蔬菜推到妻子面前:"这些地里长出来的,肯定没问题吧?"

妻子拿起一把芹菜闻了闻,又递到小刘鼻子底下,说:"你闻闻,有没有农药味?"

小刘抽着鼻子使劲一闻,还真闻出个怪味来,可他嘴还硬呢:"没有!"

妻子又拿起豆芽,说:"一股酒精味,准是用甲醛泡的。还有这大蒜,这么白,肯定是用硫磺熏的。"

小刘半信半疑,跟个小学生似的傻傻地问:"他们为什么要用硫磺熏?"

妻子瞥了他一眼:"这点常识都不懂?用硫磺熏了以后,大蒜保鲜的时间长,还不长芽。"

检查到最后,妻子无奈地说:"得了,你在家招呼客人,我再到菜市场跑一趟,酱油也没了,顺便买几袋酱油回来。"

小刘急于将功补过,忙讨好道:"待会儿我还要下楼买酒,酱油还是我去买吧。"

"拉倒吧,"妻子说,"你这菜盲,说不定又要买回来人家用头发做的酱油。"

小刘顿时愣住了:头发也能做出酱油来?

妻子对小刘说:"你也别出去了,我顺便给你把酒捎回来吧!说,你要买什么酒?"

小刘赶紧一摆手,胆战心惊地说:"罢了,罢了,还是我自己去吧!你是酒盲,可别买回啥假酒来。"

(黄　胜)

(题图:李　加)

提前出去躲一躲

　　五一黄金周就要到了,按理过节放假是开心的事,可王朋两口子却一点也高兴不起来。为啥? 粗算下来,他们的朋友和同事在五一期间结婚的就有五家,他们得送礼啊!

　　王朋只是一般工人,妻子卢芬在家操持家务,儿子林林刚上高一,家里平时没有什么额外收入,全家人就指望王朋每月那五六百元工资开销过日子,如果这五家礼金随下来,全家三口就只有去喝西北风了。

　　但活人总不能让尿憋死吧? 王朋终于想出个办法:咱赔不起,还躲不起? 提前出去躲一躲,人不在家,不去喝你的酒,还随啥礼? 到时候提起来,就说忘了。

　　可是躲哪儿去呢? 又不是一天两天的事,王朋想来想去,决定带妻儿回老家。

卢芬举双手赞成，可林林说啥也不愿去，夫妻俩觉得不便跟儿子说明情况，于是就给他备好了几天的吃食，交代他在家呆着，别乱跑，夫妻俩自己上了路。

回到老家，刚进村，就听到村里"呜哩哇啦"的喇叭声，王朋和卢芬一看，原来是堂哥家的侄子正好这天结婚。

堂嫂迎上来说："本想着你们离得远，回不来，也就没通知，没想你们竟然回来了，真是太好啦！"

卢芬心里暗暗叫苦，嘴里还得拣甜的说："自家的喜事，多远也得赶回来。"

王朋也只好点头称是，忙到礼桌前，掏出200元随了礼。

晚上，两口子躺在床上直叹气。

卢芬小声说："咱咋赶得这么巧，200元出去了。"

王朋说："算了算了，总比随五份礼强。"

在家住了三天，卢芬再也待不住了，她实在放心不下儿子。王朋说："要躲就躲到底，要回你先回。"卢芬只好自己一个人先回。

紧赶慢赶回到家，林林一看妈妈回来了，兴奋地扑上来就说："妈妈，这两天可把我忙坏了，幸亏有我留守在家里，要不真耽误了大事。"

卢芬心里一惊，连忙问林林："出什么大事了？"

林林得意地说："都是你们大人的应酬事，不过我已经都给你们搞定了。你们一走，咱家的电话就响开了，都是请你们去喝喜酒的，还说你们不在，让我做代表。所以今天我就赶了两场，可把我累坏了。对了，妈妈，礼金我也替你们随了。他们都夸我长大了，懂事了，是个男子汉了。"

卢芬一听儿子这番话，急得赶紧问他："那你随礼的钱是从哪里来的？"

林林嗔怪道:"都怪你们,走了也不交代一声,让我翻箱倒柜找了半天,总算找到了。我每家都随了 200 元,你和爸爸每人 100 元。是这样吧,妈妈?"

卢芬哭笑不得,不知道该夸奖儿子还是惩罚儿子。她当即拨通了老家的电话,对王朋说:"你赶快回来吧,你的宝贝儿子已经帮你把这里的事都处理完啦!"

只听王朋在电话那头带着哭腔的声音:"不行啊,我这两天回不去了,二姐家的闺女明天要出嫁,我这个当舅舅的怎么走得了啊?"

(晨 雨)

(题图:李 加)

大器晚成

老何头退休后，发挥余热，担起了教育下一代的重任。他与老伴达成协议，老伴主内，他老何头主外。

小孙子满四岁时，老何头的任务有所加重。什么任务？陪小孙子练电子琴。儿子、媳妇为开发孩子的智力，把孩子送到少年宫练琴，这来来回回的接送任务，就由老何头担当了。

一开始，老何头以为陪小孙子去练琴，自己还可偷空练练拳，没料到，小孙子年纪太小，手指头按不准琴键不说，其实对弹琴根本没兴趣，往往是一支曲子弹不了几下，就又哭又闹不想学了。

老何头这下着了急，怕小孙子落下当天的课程，只好硬着头皮，当起了"二传手"，把老师当天教的曲子学下来，待回家以后，再一遍一遍反复教小孙子。

时间过得真快,一晃半年过去了,小孙子学琴没什么起色,倒是老何头的琴艺有了相当的水平,老伴见了开玩笑地说:"不错呀,老头子,你这是大器晚成呀!"

老何头觉得挺难为情,一把岁数的人了,跟个孩子似的学电子琴,老伴却在一旁鼓励他道:"老头子,你好好学,等明后年老二家把孩子送来,咱就不用去少年宫,你教不就得了,也省了这笔开销。"老何头一听有道理,劲头上来了。

从此,左邻右舍经常能听到从老何头家传来的优美的琴声。

第二年春节刚过,老二家果真就把孩子送了来。老何头胸有成竹地把他们迎进门,可才说了两句话,就垂头丧气地退了下来。

老伴忙问:"怎么啦?"

他推了推老伴,说:"这回,该你出山啦!"

老伴说:"你弹得好好的,我瞎掺乎啥?"

老何头摇摇头:"你那个宝贝孙女不学电子琴,要跳芭蕾舞啦!你不是老嫌自己太胖吗,减肥正合适!"

(相裕亭)

(题图:李 加)

申请替身

一部高潮迭起的惊险电影《为了清白》正在赶拍之中。

女演员小娇非常敬业,有一场戏是她扮演的农村姑娘小翠被人贩子拐卖后,从野蛮丈夫的囚禁中逃出来,连滚带爬地来到一条河边,一头扎进水中。这动作按说不难,可对生性晕水的小娇来说,真是一个超级挑战。导演要给她安排替身,可愣是被她拒绝了,她横着跳悬崖的心一头扎进河里,居然一次就成功了。

导演对此大加赞赏,说:"做演员就得有献身精神,不到万不得已,就该坚持尽量自己出镜,不要用替身。"

在导演的鼓励下,小娇克服恐惧,死打硬拼,拍摄中硬是闯过了一道又一道难关。就连有一场戏要从十几层的高楼上往下跳,她也愣是挺了过来,没用替身。当她紧闭双眼落在安全气垫上的瞬间,周围一片欢呼。导演赞叹说,现在这么敬业的演员不多见了,小娇不久的将来肯定能红。

晚饭时,大家都向小娇祝贺,导演更是容光焕发地端着酒杯向她敬酒。

晚饭后,导演意味深长地走到小娇身边,附着她的耳朵悄声说:"我就喜欢愿意豁出去的演员,这就叫为艺术献身。小娇,待会儿你到我房里来,我再单独……单独给你说戏,就我们俩,我们俩!"

小娇一听,顿时神情紧张起来,结结巴巴地说:"导演,我……我……"

导演疑惑地问:"怎么了?"

小娇嗫嚅道:"《为了清白》我还没用过替身,要不今晚听您'说戏',我……我申请用……用一回替身?"

(李清林)

(题图:李 加)

服务过位

老张这天特别背，先是在单位和领导吵了几句，回家后又被老婆唠叨了几句，他一气之下摔门出去了，想干脆去饭店花点钱图个清静，喝二两小酒，消消闷，解解愁。

老张一进饭馆，漂亮的女服务员立刻迎了上来，说："您好，先生。"

老张不想搭理，就没有吭声。没想到往前走了两步，就看到走廊里站着四五个女服务员，每走到一个服务员跟前，都会听到一声"您好"。

老张心里烦躁得很，回了句："我不好。"可那群小姐一点不恼，仍然笑嘻嘻地挨个向他问好。

老张刚走进大厅，一个更漂亮的女服务员迎了上来，问他道:"先生,请问您是在雅座,还是在大厅?"

"就在这里。"老张就近在一张桌子前坐了下来。

"请问您是吃套餐,还是点菜?"

"用不着什么套餐,你给我来一盘花生豆,一盘拌三丝。"

"请问主食要什么? 这里有包子、有水饺、有花卷……"

"随便。"

"对不起,先生,我们这里没有'随便'这道主食。"

老张有点不耐烦了:"你烦不烦,我随便吃点就可以了。"

"那您想喝点什么,是白酒还是啤酒?"

"白酒。"

"白酒要什么,是高档、中档还是低档的?"

老张心里"腾腾"的起了火:自己来饭店是想清静清静,结果却被服务员问个没完。他嗓门大了:"你看我这样,还能喝高档、中档的酒吗?"

"那么低档的酒要哪种,我们这有……"

"本地大曲。"

"本地大曲有高度的和低度的两种,请问您要哪种?"

"随便哪种,都行。"

"对不起,先生,我们饭店有规定,不能擅自替客人选择。"

老张简直受不了了,猛地一拍桌子跳起来:"你烦不烦人哪!"

看来女服务员的涵养功夫训练得很到位,她一点不在乎老张的态度,继续微笑着,频频向老张点头,说:"如果我们的服务不到位,请您多提宝贵意见。"

老张简直哭笑不得:"你们的服务不是不到位,而是太到位,过位啦! 让顾客怎么受得了?"

"先生,您别发火,"女服务员继续微笑着说,"我们这里有规定,对客人一定要服务到位。请问你要的菜,是大盘、中盘还是小盘?"

"哼!什么大盘中盘小盘?我要走人!"老张实在忍受不了了,怒火冲天地站起来就往外走。

走到门口的时候,只听那排迎宾小姐一个个机械地喊着:"先生走好,欢迎下次光临!"

老张心里那个气啊:"好什么好?"他真不知道再到哪里去寻找个清静之地。

(老　纯)

(**题图**:李　加)

装电话

农村小学的设备很简陋,校长、教导主任和老师都在一个大办公室里办公。

办公室里只有一部电话,虽然校长没说不让大家用,但这么多人互相盯着,谁也不好意思用公家的电话办私事,所以这部电话实际上就成了校长一个人的专用电话。

后来学校有了钱,搞了一个校长室,校长搬出去,就把电话带过去了。

再后来,学校给教导主任新盖了一间房,教导主任也搬出去了。可是教导主任没有电话,于是就去对校长说:"教导处对外联系的工作也不少,你不在的话,我也不能随便到你那屋去……"

教导主任话没说完,校长就点头说:"我懂你的意思,行,也给你屋装部电话吧。"

教导主任是刚提拔上来的年轻干部,平时和老师们关系很随便,于是老师们就时不时地到他那屋去打电话。他不好意思多说什么。结果到月底一结账,他办公室的电话费500元出头,远远比校长室高。

这下教导主任傻了眼:第一个月就这么多电话费,怎么向校长交待?他偷偷找到校办工厂的王厂长,把这500元拿到厂里给做个账报了。

教导主任于是就去对校长说:"这个月没几个话费,就不用报销了,下个月再说吧。"

下个月,教导主任吸取教训,不再让老师们随便来打电话了,或婉言谢绝,或找借口躲避,经常把门关起来,只有自己真正有需要时才打。结果第二个月一结账,他办公室的电话费还不到30元。

教导主任高高兴兴地拿着电话缴费单去找校长报销,谁知校长拿过单子一看,说:"我看你业务也不多,装个电话月租费还挺贵,干脆你以后到我那屋打,你这电话撤了吧!"

(崔书君)

(题图:李 加)

中奖

　　王有财退休后迷上了买彩票,他坚信自己有一天能中个大奖。可四年过去了,十元、二十元的小奖倒是中了不少次,可大奖一次也没轮到他。

　　这天午睡的时候,王有财做了一个梦,梦见自己中了250万元的特等奖,他把领来的钱放在自己的裤腰里,搂着一路往家跑。醒来以后,他立刻从床上跳起来,喊道:"准是财神爷托梦给我,发财的时候到了。看来舍不得孩子套不住狼,现在我就去买一千元彩票,看它中不中?"说完,就真的去把彩票买了回来。

　　等到开奖的那一天,王有财拿着厚厚一叠彩票,逐号逐号地对起奖来。老伴正担心他走火入魔时,他突然大叫起来:"中啦!我中啦!"老伴赶紧跑过来,一看,果然中了个二等奖。

这二等奖的奖金有 2 万元呢，王有财二话不说，拉起老伴就往外走，嘴里还大声嚷道："咱们去最好的饭店，吃最好的菜，好好庆贺一下！想花多少，你说！"

老伴点点头，就把王有财带到小区旁边的一家小面馆。王有财不乐意了，嘴里嘀咕着："中了大奖，还吃面条？真是想不开！"可老伴硬把他按在座位上，说是自有道理。

两碗香喷喷的牛肉面端上了桌，老伴望着王有财，慢慢地从口袋里掏出个小本子，说道："从你买彩票后，我就替你记了这本账。几个末等奖不算，你买彩票前后一共花了 15586 元，这回你中了 2 万元，扣除税款，再抵掉你用来买彩票的钱，剩下的刚好能买这两碗面！"

王有财愣住了，合着辛苦了这么几年，就挣了两碗牛肉面。

（陈文利）

（**题图**：李　加）

小张爬树记

五一长假，美丽的西部花园举行拔河比赛，一著名企业提供奖金赞助，于是全县各级单位纷纷组织队伍参赛，场上人山人海，气氛非常热烈。

小张人矮，站在后面什么都看不到，于是便爬上湖边的一棵大树，坐在树上看了起来。

可是他刚看了一会儿，一位"公安"走到树下。小张慌了，公安却朝他摆摆手，焦急地问："谁领先？"

小张一听，忙回答："公安局队。"

公安笑笑说："好，你慢慢看，让我们一起为公安局队加油！"说着，继续朝前巡逻过去。

没过一会儿，一个"城管"出现了，见小张在树上，就抬头问他："谁落后？"

小张道："城管队。"

城管连连喝道："够了，够了，别看了，快下来。"

小张无奈，只好恋恋不舍地慢慢往树下挪身子。

正在这时，场内忽然欢声雷动，锣鼓喧天，公安与城管几乎同时冲过来，对小张说："上去，快上去，看看是哪家赢了！"

小张一乐，三下两下就又爬上树去。他刚抬头伸长脖子，树下却闪出一个扛着摄像机的记者，小张可不愿出风头，手忙脚乱间"扑通"一声竟掉下树来，幸亏他手脚灵活，没有伤着。

晚饭后，小张早早坐在电视机前，他想看看比赛实况的转播，以弥补白天只看了几眼的遗憾。谁知转播正式开始前的一段新闻里，他居然看到了自己爬树的镜头，而且还配了旁白："今日一市民看比赛不讲文明，竟然不顾公安、城管的联合劝阻，强行爬树……"

看着画面里公安、城管在树下着急的样子，小张几乎晕过去！

（周光林）

（题图：李　加）

异 想 天 开

凡是个性强的人,都像行星一样,行动的时候,总把个人的气氛带了出来。

子弹壳

这事离现在三十多年了,那时乡下刚开始放电影。

东沟村有一个老头叫望福,五十多岁年纪,平日里,他喜欢贪图点儿小便宜,总希望趁便捡个锅,顺手牵头羊,发点小财。

一天晚上,县里的电影队到东沟村来,给村民们放映一部战争故事片。放映开始后,只见银幕上硝烟弥漫,枪林弹雨,刀光剑影,烽火四起,村民们看得手舞足蹈,如痴如醉:"痛快,真痛快!"

却说那个望福,他把目光久久地盯在那一支支长短枪上,眼看着枪膛里"劈里啪啦"蹦跳出一个个子弹壳,他一个劲儿地叫着:"真多啊……"

电影放完了,望福回家后,躺在床上,不能平静:有人告诉过他,子弹壳是纯铜造的,可以用来做烟锅的嘴子。他顺手拿起枕边那支短杆烟锅,凑到油灯下看了看,再摸摸烟锅杆,心里嘀咕道:唉,小烟锅跟了我二十年,还没能安上一个漂亮的铜嘴儿……如果能搞到一些子弹壳,多做几个铜嘴儿,自己用得上,还可以卖给别人,捞几个小钱……

这一夜,望福想入非非,久久不能入梦。天刚蒙蒙亮,他立即起床,脸也赶不上洗,三脚两步跑到昨晚放电影的场上,在挂过银幕的那个地方东翻西找,连草丛里都翻了个遍,不料什么也没有找到。

望福感到十分意外,不觉破口大骂:"他妈的,是哪个龟儿子,起得比老子还早,把子弹壳全都捡走了?"

(鲍启铭)

(题图:李 加)

明人不做暗事

　　星期天,陆华去菜场,想买一只甲鱼。他找到一个甲鱼摊,那摊主是个瘦瘦的中年男人,一脸的老实相。讲定价钱,陆华就挑了一只,一称,正好一斤。

　　陆华把甲鱼放进塑料马夹袋,刚要付钱,那瘦摊贩拦住他说:"你还得带点水去。"陆华见摊贩想得周到,就连说"谢谢"。可是那个瘦摊贩没往陆华的袋里添水,而是另用一只小塑料袋,用勺子小心地勺了一点水,然后放在秤上称起来。

　　陆华看得莫名其妙。

　　这时,那个瘦摊贩说:"喂,你还得付5块钱呢。"

　　陆华一怔:"这是什么钱?"

　　那瘦摊贩不慌不忙地说:"这是一两水的钱。"

"你说什么？一点点水也要卖钞票？"

"对，和甲鱼一样，50块一斤。"

"你……"陆华起先还以为是自己的耳朵出了毛病，可当他确认对方不是开玩笑后，就不由和瘦摊贩论起理来。

那瘦摊贩振振有词地解释道："我这是公开搭卖，公平交易。你去打听打听，现在卖甲鱼的，有几个不用针往甲鱼里头打水的？一斤甲鱼，少说也要给你打二三两水。更要命的是，打了水的甲鱼一煮就走味。我不做那亏心事，改暗搭为明搭，不但保证了甲鱼的质量，而且水也少加了好几两。"

陆华是个记者，大大小小的怪事见得也算多了，可面对瘦摊贩的这番理论，他一时间竟然找不到合适的话来反驳。尽管他苦口婆心地讲了半天，无奈那瘦摊贩认定了一个理：要么连水一块买，要么你就走人。

事后，陆华越想越来气，就写了篇"买甲鱼"的新闻稿，登在了第二天的报上。

自从那稿子登出后，陆华接到不少电话，这些电话几乎都是来问他是不是真有此事。在得到肯定的答复后，大多又会问那个摊贩在菜场的确切位置。陆华估计这些人要为自己仗义执言，去找那个瘦摊贩论理的，就不厌其烦地把那瘦摊贩的位置讲了一遍又一遍，甚至连那瘦摊贩的长相特征也讲得详详细细。

这天，陆华又接到一个找他的电话。对方问清他就是陆华后，对着陆华就嚷起来："哎呀，陆记者，我总算找到你了！"

陆华问："你是不是问买甲鱼的事？"

"不不，"对方大嚷，"我就是那个卖甲鱼的！"

一听对方是瘦摊贩，陆华以为他是来认错的。谁知瘦摊贩却在电话里一个劲地嚷道："陆记者，我是特地来感谢你的！自从你那篇文章在报上登出后，我的生意就火起来啦！许多人都慕名找到我的摊上来买搭水的甲鱼，说与其被人暗算，不如这样明来。我现在一天光是水就要搭卖出好几斤哩……"

这下可把陆华的鼻子都要气歪了，他决定去瘦摊贩处看看。

主意打定，陆华蹬车再次来到菜场，一看，不由得傻了眼：不但那瘦摊贩搭水卖甲鱼的生意果真做得红红火火，就连别的摊贩也都在大声吆喝："公平交易，搭卖啦搭卖！"

陆华稍稍一数，就有卖大闸蟹的搭卖草绳；卖笋的搭卖泥巴；卖活鸡的搭卖青糠；卖米的搭卖石砂子；卖茶叶的搭卖树叶子……

（司　昀）

（题图：李　加）

俺妮儿有理

　　小玲十八九岁，是个乡下女孩儿，偏爱赶时髦、追新潮。这一年，小玲在城里打了半年工，回家时，就把一头乌黑的秀发染成了城市里颇为流行的黄颜色，还打着一个个波浪卷儿。

　　刚进家门，就把爹娘吓了一跳。小玲娘平时最疼闺女，忙拉住女儿问长问短："妮儿啊，是不是你在外头吃了上顿没下顿，营养不够？要不，一头黑发咋全变黄了哩？"

　　小玲嘴一撇，不满地说："娘，你不懂不要乱讲。城里的发型就流行这颜色，为染黄头发，我在街上排了一天队，还花了一百多块钱呢！"

　　小玲娘似懂非懂，为了让闺女高兴，连连点头说："不贵不贵。已经新时代了，如今染布用上了机器，街上的手工染坊越来越少了。这么多头发一根一根染下来,不给那么多钱,人家才不肯干哩。"

小玲爹是个老保守,对闺女的做法很看不惯,就说:"好端端的黑辫子不留,弄得头发像个黄稻草搭的烂鸡窝,简直不像个中国人!"

一句话惹恼了小玲,小玲便跟爹斗嘴:"爹,黄河就从咱村后流过,河水那么黄,它还是咱中国的黄河,也没让外国人抢走,而且被称作伟大的母亲河。我染个黄头发,咋就不是中国人啦?"

小玲爹气得"呼哧呼哧"直喘粗气,忽然发现闺女的头发黄中透红,以为抓住了把柄,就改口说:"要说把头发染成正儿八经的黄颜色,我不反对,可你的头发为啥还发红哩?"

见爹仍不肯罢休,小玲急了,想给爹讲清楚头发黄中透红的原因,又怕爹越听越纠缠,干脆说:"你到村后黄河里看看,那河水受了造纸厂的污染,不也照样黄里透红,还能比我的头发强多少? 这都是一个道理,懂吗?"

"你,你……"小玲爹哑口无言。

小玲娘见闺女占了上风,顿时来了精神,大声喊道:"对,俺妮儿有理!"

(刘金涛)

(题图:李 加)

傻子真傻

靠山村出名的傻瓜是大呆，出名的能人叫二麻子。

这天，大呆抱着个花瓶，乐颠颠地找到二麻子，说："这个花瓶是我在自家院子里挖茅坑时挖出来的，你给过过眼，看值不值钱？"

二麻子的三角眼里早就放出光来，但他脸上一点不露声色，"嘿嘿"干笑了两声，说："大呆呀，你是从垃圾堆里捡来的吧？"

大呆说："这玩意儿真是埋在地下的，挖老深才挖到呢，我大呆敢哄你吗？"

二麻子心里想：你大呆那几个心眼谁不清楚，该当我发财，埋在地下的准是文物。他眼珠一转，说："我家里正巧缺个花瓶插花，我出一百块钱买下了。"

大呆头一摇,说:"我听说地下的东西都是宝贝,一百块钱我不卖!"

二麻子伸出两个手指头:"那就二百块。"

大呆还是摇头。

"这样吧,我再加二百,四百块,这回行了吧?"

"不行,还是少。"大呆使出了呆性子,抱着花瓶走了。

到嘴的肉二麻子哪能不吃呢,他赶紧找来自己的狐朋狗友三秃子和四楞子,如此这般地说了一番。

第二天,三秃子来到大呆家,对大呆说:"我知道你得了个花瓶,三百块钱卖给我成吗?"

大呆鼻子一哼:"二麻子给四百块我都不卖呢!"

三秃子说:"卖就卖,不卖拉倒。"他说完,掉头就走。

第三天,四楞子也找上门来,说:"我出二百块钱买你大呆的花瓶,行不?"

大呆一听,更生气了:"人家三秃子昨天还出了三百呢,你别做梦了。"

四楞子说:"攥到手的钱才叫钱,你想捂着生小的呀?"说完,他甩手走了。

又过了几天,二麻子觉得三秃子、四楞子这两把火一烧,现在够火候了,便得意洋洋地来到大呆家,二麻子说:"我还是老价,四百块,干脆点。"

看来大呆这下也撑不下去了,马上把花瓶抱了出来,二麻子乐开了怀,心想:傻子真傻,到最后还是落在我的手里。

他抱着花瓶、哼着小曲走后,大呆抽出一张十元的钞票,对老婆说:"去,到镇上再买个香炉,马上埋到地下去!"

(徐德银)

(题图:李 加)

开放

一天夜里,阿三喝完酒回家,经过一家新开的发廊,见门口悬挂着一条横幅,在夜风中"哗啦哗啦"地翻动着,阿三醉眼蒙眬之中,隐隐约约看见横幅上写着这样的字:开放敲背每位30元。阿三知道,这"开放敲背"就是指那种"服务",这店好大胆,竟敢明目张胆地做色情生意!

阿三心痒难搔,他走进发廊,只觉得空调强劲,凉风习习,十分的舒服,于是中气十足地喊道:"小姐,敲背!"

喊声刚停,只见一位小姐姗姗走来,我的妈呀,这娘们那个靓丽样,直折腾得阿三口水直咽。小姐让阿三在按摩床上躺下,接着,她伸出一双纤纤玉手,一会儿轻,一会儿重,一会儿快,一会儿慢,把阿三侍弄得浑身舒坦。

可舒服归舒服,那小姐的两只手却始终是规规矩矩的,毫无"开放"之举。

阿三正在纳闷,只听见小姐用甜甜蜜蜜的声音说:"先生,时间到了,请结账。"

阿三实在忍不住了,便故意慢腾腾地说:"小姐,你有没有觉得你的服务有什么不周到的地方?"

那小姐好像是在故意装糊涂:"没有哇,我们是在尽心尽力地为每一位客人服务,先生如有不满意的地方,请明明白白地说出来,好让我们改进。"

嗨,这种话怎么好明明白白地说呢? 阿三不情愿地付了钱,想想心里总是有点肉痛:哼,我待一会儿就给派出所打举报电话,光凭这条横幅,也要让你们吃不了兜着走!

阿三走出店堂,一阵夜风吹过,那横幅随风翻动,阿三一看,顿时目瞪口呆,那横幅上写的是:"空调开放敲背每位30元……"

(郑映红)

(题图:李 加)

传错话

黄老板是一家公司的总经理，外人如果想见他，必须先通过门卫，由门卫打电话给办公室秘书小刘，再由小刘决定是否通知黄老板。

这天，小刘接到门卫的电话，说黄老板的二奶已经到大门口了。小刘对黄老板的私生活比较了解，知道黄老板在外面包了个年轻貌美的二奶，名叫小欣，便不假思索地对黄老板说："老板，小欣来找你了。"说完，就知趣地找借口走开了。

黄老板兴奋极了，想给小欣一个浪漫的刺激，他跑到里间，脱光了衣服，故意将门虚掩着。过了一会儿，有人敲门，黄老板按捺住满腔激情，说道："请进！"紧接着，他听到脚步声进来了，便又吩咐道："再往里走。"当听到脚步声到了跟前时，他突然以迅雷不及掩耳之势扑了上去。

"啊!"只听耳边传来一声苍老的惊叫声,黄老板一看,哪是什么小欣,分明是从老家来的二奶奶,今年已经七十多岁了。想到自己赤身裸体抱着二奶奶,黄老板顿时脸色变得跟猪肝一样,尴尬得要死。

二奶奶颤巍巍地问道:"狗娃啊,你这是咋了?"黄老板忙编了个理由搪塞过去,然后问二奶奶有什么事。当弄明白二奶奶是为家里买化肥的事,要向黄老板借两万元钱时,他立马就掏。

送走了二奶奶,黄老板把小刘狠骂了一顿,说:"以后来人,给我问清了再传话。"

又过了几天,黄老板的二奶小欣真的来了,门卫打电话对小刘说:"是二奶来了,老板的二奶来了。"他说"二奶"这两个字的时候,声调拉得特别长,目的是想让小刘知道,这次真的是小欣。哪知小刘鉴于上次的教训,一听二奶来了,以为又是那个老家的二奶奶来了,便立刻通知了黄老板。黄老板一听,正襟危坐,静等着二奶奶的到来。

过了一会儿,小欣风情万种地扭了进来,希望像以往那样,一进屋就得到黄老板一个热吻。哪知道刚一敲门,门就被拉开了,黄老板从里面探出头来说:"二奶奶,今天又是来要钱的?上次那两万元……啊?"黄老板说到这里一声惊叫,才发现这次来的竟是小欣。

小欣不知情由,以为黄老板有了新欢,顿时怒不可遏,扭头就走。到了楼下,她觉得还不解气,便对着黄老板的办公室嚷道:"好啊,你竟敢瞒着我又包一个,还给她两万元?哼,你等着瞧!"

(天宗健)

(题图:李 加)

学习与压力

　　杨老师总能从针尖大的小事儿中,总结出海阔天空的大道理来。

　　这天,杨老师不知从哪里弄来几只煤气炉和几口锅,说是要在班会课上用。

　　上课了,杨老师先把大米和水分别放到两口普通锅里,然后点火开始烧,不同的是,一口锅下面的火大,一口锅下面的火小。

　　不一会儿,火大的那口锅里的米饭熟了,而另一口锅里的水还没开呢。杨老师关上煤气炉,笑眯眯地转过身,在黑板上"刷刷刷"写了六个大字:学习要下功夫。

　　接着,杨老师换了一口普通锅和一口高压锅,同样放上米和水,用大火开始烧。没多久,一股浓浓的香味从高压锅里优哉游哉地飘了出来,而普通锅里还不见动静。因为快到中午了,同学们的肚子都饿了,口水"一泻千里",杨老师见状转过身,龙飞凤舞地在黑板上又写下了六个大字:学习要有压力。

同学们惊讶杨老师理论联系实际的能力真是强,杨老师自己也很得意。他拍拍手上的粉笔灰,正想开口说点什么,就在这时,只听高压锅发出"砰"的一声巨响,原来是锅盖上的一只阀门塞被气浪顶出来,冲到了空中。

同学们一个个惊恐万分,杨老师也愣住了,好半天才回过神来。他在气雾中转过身,一脸痛苦地在黑板上缓缓写道:学习要有压力,但也不能太大!

(妮　妮)

(题图:李　加)

有文凭的乞丐

　　陈明大专毕业后，满怀希望地来到南方一座城市，想找工作。刚走出车站，他就被一个乞丐拦住了："先生，可怜可怜我吧。"陈明随手掏出两元钱，给了那乞丐。

　　他又向前走了几步，见一个人低着头跪在地上，前面有张纸，上面写着：本人大专学历，来这里已有一个多月，因找不到工作，钱又被骗，无法回家，恳请南来北往的好心人向我伸出援助之手，我将不胜感激。陈明一看，那纸上果然端端正正地放着一张大专学历证书。他心里"咯噔"一下，忙俯下身去问："你一个大学生，怎么会找不到工作？"那人愁眉苦脸地说："现在就连本科生和研究生找工作都难，何况我才是个大专生……"说到这里，他说不下去了，只是一个劲儿地流眼泪。

　　陈明心里凉了半截：自己也是大专毕业，看来前途不容乐观啊！再看看眼前这个人，陈明不由生出"同是天涯沦落人"的感慨，就特意从包里拿出五十元钱，郑重地递给了他。那人对他深深鞠了一躬，连声说："谢谢，谢谢……"

　　陈明摇着头离开了，不觉有些心灰意冷，便决定先在这座城市呆两天看看，实在找不到工作，就打道回府。

　　陈明找了个偏僻的小旅馆，刚安顿住下，突然发现隔壁客房里人来人往，热闹非常，一打听才知道，这是一个出售假文凭的窝点。陈明于是灵机一动：干脆买张假研究生文凭，这样找工作岂不方便多了？

　　陈明觉得这主意不错，正要敲门，突然从里面走出一个人，陈明一见，惊得嘴都合不拢：这不就是那个跪在街上要钱的大专生乞丐吗？

　　对方也认出陈明来，大大方方地走上来问："你来这儿干吗？"

　　陈明脸一红，支吾着说："我……我……你……你怎么也来了？"

　　乞丐"嘿嘿"一乐，说："我和你一样，买张文凭呀！"

　　陈明满腹狐疑地问："当乞丐也需要文凭？"

　　那乞丐洋洋得意地说："可不是！没文凭，人家最多一次只给一两元钱，有文凭就不一样了，老哥你一次不就给了我五十元吗？等我买好研究生文凭，一次给一百元都不算多！"

（赵再年）

（题图：李　加）

换一种说法

　　王艺好不容易举办了一次个人影展,那些照片都是他精心拍摄的。其中有两张他特别满意,一张是《古代玉器》,王艺很巧妙地运用逆光,将一件古代仕女玉雕拍得玲珑剔透;另一张是《落日海滩》,这是王艺旅游时抓拍到的,如诗如画。

　　这两幅作品都曾在摄影大赛上获过奖。

　　但是事情就是这么奇怪,开展数日,观众寥寥无几,就是来看过影展的人,对这两件作品也没有太多的评价,王艺不禁有点怅然若失。

　　正在这时,王艺的好友范泉来了。范泉安慰王艺说:"不是你的作品不好,而是策划运作不当。我来帮你,我包你的影展要多火有多火!"

　　范泉说干就干。

　　于是第二天,王艺影展的海报换成了:著名国际摄影大师王艺先生影作精品展出。还有副标题:国际影展获奖作品《仕女玉照》、《美女走光图》,难得一见,请勿错过!

　　你别说,这海报还真是有点意思,没多久,展厅里的气氛就开始活跃起来,大家站在这两件摄影作品前,仔细地欣赏。

　　《古代玉器》被范泉更名为《仕女玉照》,这还算过得去,当然,看过的人都禁不住哑然失笑:"原来是这么一幅玉照!"

　　至于那幅《落日海滩》,被范泉改名为《美女走光图》,观众百思不得其解不说,就连王艺自己都搞不明白:"走光"一词,说的是女子把不该暴露的地方不经意地暴露了。可这和落日海滩的景色有什么关系啊?根本是风马牛不相及嘛!

　　范泉自告奋勇地站在这幅作品前给大家充当解说员。他煞有介事地解释道:"作者拍这幅照片之前,海滩上曾是美女如云,但他没带照相机,等他匆匆把相机取来时,可惜美女都走光了,就只剩下这美丽的落日海滩。所以,这件摄影作品就被取名为《美女走光图》!"

(廖祖平)

<div style="text-align:right">(题图:李　加)</div>

尴尬拍摄

邹平大学毕业到电视台工作不久，主任对他说："市林业局组织植树活动，你也去吧，记住，要多拍点领导的镜头。"

邹平陪着林业局长爬上一个山头，只见山坡上早已挖好了许多树坑，树苗都摆在坑边，一切准备就绪，就等领导来植树了。邹平记着主任的吩咐，镜头始终对着局长，直到他把一棵树种好。

由于初次摸摄像机，邹平很兴奋，他不停地拍摄着。正拍到要紧处，局长一脸兴奋地说："记者同志，我刚得到消息，市委梁书记要来视察我们的植树活动，等会儿，你要多拍梁书记的镜头呀！"说完，他就吩咐把已经植到坑里的树苗拔出几棵，准备让梁书记来后可以依样画葫芦地再重复一遍，留下几个镜头。

邹平也忙着做准备,他打开摄像机,突然发现了一个严重的问题:电池用完了。他心一沉,不禁慌了起来:这可怎么办?眼看梁书记就要到了,漏掉重要领导的镜头,这可不是开玩笑的事啊!

第一次执行任务就碰到这样倒霉的事,回去怎么跟主任交代啊?邹平急得都快要哭出来了。偏偏就在这个火烧眉毛的时候,梁书记到了,邹平不由自主地扛起摄像机,没办法,他只能硬着头皮假拍了。

果然,回去后邹平心惊胆战地把事儿向主任一说,主任当即就大发雷霆,把他骂了个"狗血淋头"。邹平心想:这下完了,就等着被炒鱿鱼吧。

可奇怪的是,当晚节目播出时,邹平拍摄的新闻不仅上了头条,而且还不可思议地多次出现梁书记植树的光辉形象。怎么会这样?邹平奇怪地去问主任。

主任得意地说:"我把去年梁书记植树的镜头剪辑下来,稍作处理后编加进去不就行了?学着点吧,小子!"

(邱发平)

(题图:李 加)

备用短信

　　吴力当上领导后，常常是各种应酬不断。每到晚上，只能找各种借口给妻子发短信。

　　今天是周末，吴力又去了一家酒店，和哥儿们吆五喝六，一喝喝了个昏天黑地。等他想起来要给妻子发短信打声招呼时，已经是深夜了。

　　这时，他的手机响了，一看，是妻子给他发来的短信，只见上面写道：亲爱的娟，今天晚上我有一个重要的会议要参加，会后可能还有应酬，晚上不必等我了，你自己先睡吧。祝你做一个好梦！

　　这条短信让吴力看得一头雾水，他原本正想给妻子发一条这样的短信，可怎么会先由妻子发过来了？

正在百思不得其解的时候,他又收到一条短信,内容和上一条差不多:亲爱的娟,今晚我要见个重要客户,如果不去,会影响工作。对不起了,你自己先睡吧,注意,别把空调开得太低,小心着凉。吻你!

才把这条读完,谁知第三条短信又来了。此后接连不断,一会儿工夫吴力竟然收到十来条短信! 吴力坐不住了,他借口上洗手间,给妻子打了个电话,问到底是怎么回事。

妻子说:"我是特地写好了发给你,让你备用的。"

"什么? 让我备用?"吴力更加弄不明白了。

妻子在电话那头说:"我知道你应酬多,每次不能早点回家时,你都要编理由、找借口,得死多少脑细胞啊! 这不,我索性把你常说的理由编成十条短信,这样就不用你费事了,每晚挑选一条发给我就可以了,省得你编得那么累……"

(郭　天)

(题图:李　加)

学 隐 身

　　张大娘刚从乡下到城里做小买卖不久,这天晚上,她挑着两箩筐水果在广场上转悠,突然听到石椅上一高一矮坐着的两个小伙子在说话。

　　高个子问:"你近来忙什么去啦,怎么老不见你上线啊?"

　　矮个子说:"没忙什么,我几乎天天来,只是我隐身了。"

　　"为什么要隐身呢?"

　　"朋友太多了,我一出现,他们个个向我打招呼,我实在应付不了,隐身省了不少麻烦。"

　　高个子听了赞叹道:"呵,真不错!可是我还不知道怎么隐身呢,你教我吧?"

　　矮个子一口答应:"这个挺容易呀,我回去就教你……"

张大娘听到这里,再也忍不住了,她弯腰从箩筐里拿出两个苹果,走到小伙子跟前,递给他们说:"小兄弟,吃苹果。"

两个小伙子挥挥手,对张大娘说:"你还是到别处去卖吧,我们不买。"

张大娘说:"我不是要卖给你们,我是请你们吃。"

两个小伙子望着张大娘,莫名其妙。

张大娘焦急地说:"我是想求你们一件事。刚才你们说到隐身,还说挺容易学。小兄弟,这一招你们也教教我吧。你们不知道,我们小贩做点生意有多难,工商撞着了,说我们无证经营,没收;城管的遇上了,又说我们影响市容,也要没收。要是你们教会了我隐身,以后再遇到那些人,我就不怕了。"

听完张大娘的话,两个小伙子愣了片刻,突然大笑起来,笑得泪水都流了出来。他们边笑边对发呆的张大娘说:"大娘,你搞错啦!我们刚才说的隐身,是电脑里用的一种谈话方式。我们不是神仙,怎么会有那么大的本事,真的隐身啊!"

(郭荣立)

(题图:顾子易)

爸爸得了怪病

　　小玲带着四岁的儿子宝宝回娘家,还特意给爱喝酒的爸爸买了两瓶酒带上。

　　爸爸正好在家,一见女儿提来的酒,顿时满面放光,马上打开瓶盖,倒了一杯就要喝。

　　就在这时,妈妈一个箭步冲过来,说:"不许喝酒,你还要命不要?"

　　妈妈随即告诉小玲,最近,爸爸被医生诊断为血脂高、血压高、胆固醇高,反正身体内不该高的他都高,这都是因为他常年酗酒的关系。医生告诫他一定要戒酒,不然会有中风瘫痪的危险。

　　爸爸没喝到酒,显得很沮丧,一言不发地躺在床上,谁都不理了。

宝宝是个顽皮的孩子，见大人在说话，就自己一个人东翻翻、西翻翻。他在外屋的橱柜抽屉里翻到一支针管，又看到窗台上放着一杯酒，旁边还有一只洗漱杯，杯里的一管牙膏已经被用掉了一大半。宝宝灵机一动，于是就把针管伸到杯子里，吸了满满一针管酒，然后又把它全都"注射"进了牙膏软管中。看着瘪瘪的牙膏管一点一点又鼓起了肚子，宝宝兴奋得直拍手。

第二天，小玲接到妈妈的电话，妈妈在电话里说："真是奇怪了，怎么你们昨天回去之后，你爸爸像变了个人似的！"

小玲心里一紧张，忙问："爸爸病了？"

妈妈说："我也吃不准啊，你爸爸怎么突然像中了邪似的，从早晨到现在不到半天时间，他就刷了六遍牙！还一个劲儿唱'喜刷刷，喜刷刷'……"

（刘六良）

（题图：陈升尧）

无 可 奈 何

过去的事让它过去吧,时间会把
你心头那份深深的创伤治愈的。

装灯防盗

东洋镇街上的水银灯坏了好几只，没人换，晚上四处黑乎乎的，不但路人行走不便，就是对治安防范也很不利，小偷小摸案件时有发生，新调来的派出所卢所长对此忧心忡忡。

这一天，卢所长坐在办公室里，正为装灯的事烦恼，忽然一个五十多岁的瘦老头急急忙忙跑来报案，说："卢所长，不好啦，我昨天运一车做香菇的辅料，卸在院子里，今天早上起来，发现被人偷去了十几麻袋。"

卢所长抬头一看，这老头认得，是村头食用菌专业户韩老三。前两天，镇上治安工作大检查，他看到韩老三门前的水银灯坏了，就叫韩老三买盏新的，可说了半天话，韩老三就是不肯掏腰包，硬是把卢所长给气走了……

韩老三一看卢所长铁板着脸，就知道要让他破案已不可能，怕再待下去有麻烦上身，赶忙自找台阶："嘿嘿，破不了案那就算了，反正偷的是锯屑，值不了几个钱。我有事，我有事。"说着，转身就要走。

谁知，卢所长这回是铁了心，非让韩老三装灯不可了，他见韩老三要走，上前一把把他给逮了回来，喝道："灯的事没解决你就想走？哼，这不是破不破案的问题！现在上头有布置，先治本后治标。你要走，先给我交200元押金，灯装好了再退还你。不给你动真格，说到明年你也把我的话当耳边风！"

韩老三觉得这不太合情理，因为路灯过去是由镇文明办装的，现在机构改革把文明办撤并了，哪个部门管没有搞清楚，怎么好让个人掏腰包呢？但好汉不吃眼前亏，他想了想，只好交了200元押金，才悻悻地走出派出所。

过几天，卢所长晚上下乡回来，对韩老三装灯的事还不放心，车到家门口，又拐个头，向韩老三家骑去。打老远就看见韩老三门前的电杆上，挂着一盏水银灯，照得整段街道如同白昼。由于有了灯，街上的行人也好像多了，特别是街对面有家制鞋厂，上夜班的工人在楼道里上上下下，简直成了韩老三的天然巡警。

卢所长看了，心里喜滋滋的，他把车一停，径直走到韩老三家，拍拍韩老三肩膀："说，现在还有哪个小偷敢偷你的香菇辅料？"说完从口袋里掏出200元，把押金退了。韩老三接过钱，也高兴地笑了。

有了韩老三这个典型，卢所长及时抓住战机，扩大战果，连动员带强制，在全镇掀起了群众性的装灯热潮，不几天，无论大灯、小灯，门前灯、屋后灯、厕所灯、猪栏灯，凡是暗处都装上了灯。夜幕降临，望着一盏盏明亮的灯，卢所长脸上露出了惬意的笑，心里充满了成就感。

这一天，卢所长正在办公室琢磨给上级写上任以来装灯防盗、首战告捷的汇报材料，忽然，门"通"地被撞开，韩老三又跌跌撞撞跑了进来。

卢所长一愣，忙迎上前，笑着打趣道："怎么样，这回装了灯，没有再丢东西了吧？"

哪知，韩老三白了卢所长一眼，喘着粗气说："怎么没丢东西？昨天刚运一车香菇辅料，准备今天雇几个工人装袋灭菌，谁知早晨起来，又发现被人偷去十几麻袋了！"

"怎么，装灯了还有人敢偷？"卢所长不可思议地瞪大了双眼。

韩老三哭丧着脸，说："上回没装灯还好，小偷分不清哪一袋是木屑，哪一袋是麦麸，偷的全是几分钱一斤的木屑；这回有了灯可好，小偷偷的全是五六毛一斤的麦麸呀！"

（谢元清）

（题图：李　加）

找新闻

　　县委报道组的笔杆子小吕一大早就来到双洋村找新闻,可是村主任不在。村主任姓黄,村民们习惯上还是称他"村长"。小吕找不到村长,便在村口转悠起来,决定找村民聊聊。

　　他看到一个大嫂在河边洗衣服,便走上前去,请那位大嫂说点村里的新鲜事、稀奇事。

　　"你真想听?"大嫂直起腰,"扑哧"笑了一声,说,"就说我们村里呀,有个叫小花的姑娘,听说在外面当发廊妹,前些日子回家来,没人理她,她病倒在床上,连她亲爸亲妈都不管她,就那老乌龟给她拿药,晚上陪她睡觉……"

　　小吕打断了大嫂的话,说:"这真是神了! 我记得报纸上说过,有个村里有只乌龟能为人拿信件拿报纸,可你们这乌龟不仅能拿药,还能陪人睡觉解闷,真是稀罕。"

小吕谢了大嫂,高兴地回到家,当天就写了一篇《双洋村有一只老神龟》的小文章,传真给晚报,第二天就发表了出来。

不料这天下午,小吕突然接到双洋村黄村长的抗议电话,原来双洋村根本没什么老乌龟,是一些妇女暗地里称黄村长"乌龟",黄村长在电话里怒气冲冲地抗议这篇文章损害了他的名誉权。

小吕一听慌了,连忙赶到双洋村,一打听,村里真有很多妇女把黄村长叫作"乌龟",村里也真有一个叫小花的浪荡女人,前些日子小花病倒时,也确是她的老相好黄村长在陪她。小吕不敢去见黄村长,怕他起诉到法院,索赔个十万二十万,那就麻烦了。他琢磨着要给黄村长写一篇正面的报道,让他消消气。

这时,小吕看到地里有个中年人在锄草,看样子很憨厚,就上前说:"老哥,我是县委报道组的,我看你们黄村长不错,你说呢?"小吕的本意是:黄村长既然是村长,平时总为大家做了一些事,能听这中年人哪怕讲出一二件,我写文章也就有素材了。

只见中年人拄着锄头柄,点点头:"是不错。"

小吕连忙掏出一根烟递给他,说:"那你快讲个例子听听。"

中年人点了烟,不急不缓地说:"就给你说说村长退贼的故事吧。那是前两天的夜里,有个小毛贼来到村东头一户人家的围墙下,'刷'的一下翻了上去,这时他看到了村长,原来村长一直就站在围墙下,两只眼睛直勾勾地盯着他,小毛贼心里一慌,就从墙上掉了下来,爬起身撒腿就跑。"

小吕心想,这故事不算新鲜,但暂时没别的东西,先写一篇百字新闻也好,说不定黄村长看了高兴,就不追究"乌龟"的事了。于是,他三下两下就写了一篇"双洋村黄村长怒眼吓退盗贼"的小新闻,晚报第二天又发表了。看到样报,小吕主动给黄村长挂电话,带着一种表功的口气说:"黄村长,看到今天的晚报吗？我……"

岂料黄村长在电话里破口大骂："混账，'乌龟'的事我还没跟你算呢，你又来啦？"

"我、我是表扬你啊……"

"你难道不知道吗？我们双洋村有一条半疯的狗，大家给它取名叫'村长'，吓退盗贼的事说的是它！"

小吕这下呆住了……

（何葆国）

（题图：李　加）

没有,没有

　　一次,大李给老王讲了一个笑话。他说,从前,有一个傻子,别人问他什么,他都说"没有",问他吃饭没有,他说"没有";问他买东西没有,他也说"没有"。大李说到这里突然打住了,问老王道:"咦,这个故事以前我好像给你讲过?"

　　老王急于听下文,连忙说:"没有!"

　　"真的没有?"

　　"没有,你快讲嘛!"

　　大李笑道:"你就是那个傻子呀!"

　　老王这才发现自己受了大李的耍弄。

　　后来,老王碰见赵二,他突然也想给老赵开个玩笑,于是就把老李戏弄自己的玩笑讲给老赵听,然后急切地问道:"这个故事我以前好像给你讲过?"他等着赵二上当。

可他不知道,赵二以前曾经被别人用同样的玩笑耍过一回,当然不会再上当了。赵二脑筋一转,说:"对对对! 我想起来了,那天你从夜总会出来遇见我,给我说过。"

老王一听,急忙辩白:"没有,没有! 我可从来没去过夜总会那种地方!"

"真的没有? 我记得很清楚啊!"

"没有! 绝对没有,你可别乱说呀!"

赵二大笑起来:"那个傻子就是你了!"老王这才回过神来,没想自己反被赵二耍了,沮丧得很。

过了不久,一次,老王碰到小张,小张给老王讲这个笑话。老王耐着性子听完,小张问:"这个故事我好像给你讲过?"

老王忙说:"对! 上次你从夜总会出来碰见我,给我说的。"

小张一呆,不过他反应很快,一下就知道了老王的意图,忙说:"喔,是的,我差点都记不起来了。那天我看见你从旁边的按摩房出来,你那个高兴劲就别提了。"老王刚想否定,突然发觉小张是在诱他上钩,便笑着说:"是的,我洗完头,又去按摩房按摩,真是舒服极了。"

老王正在得意,这次总算没上当,可不知什么时候,他的老婆跟在他们的后面,老婆一把揪住老王的耳朵:"你这个老不要脸的,快说,你还去过什么地方?"

"没有,没有……"

看来老王要给老婆解释清楚,得费些劲了。

(张　翔)

(题图:李　加)

注水高手

　　屠户张三听说有人卖注水肉来钱快,也想试试。他找来了大号的注射器,往杀好的猪身上注入了十几管自来水,足足有一公斤,心里想稳赚它十块八块的。谁知卖肉时才发现注水的地方肉色发暗,用刀一割,自来水直淌,气得张三抓耳挠腮直发呆。

　　不过,第一次注水失败并没使张三灰心,他决心找个注水高手学学门道,于是找到了李四。李四"哈哈"一笑,讥讽道:"死猪注水,不赚只赔,看我的!"

　　第二天一大早,李四来到了张三杀猪的地方,对着一头正准备宰杀的猪,用针管注入了大约两公斤的自来水。早上卖肉时,注过水的肉和平常肉毫无差异,两公斤多卖了二十来块钱。

　　张三大喜,暗中要李四下次多注些,李四说:"不可不可,超过活猪的百分之二,人家买肉的就能看出来。"

时间一长,张三不满足百分之二的小打小闹,想找个比李四更厉害的注水高手。他求亲告友,四处打听,终于有一天,一位朋友领来一个叫王五的人。张三一打量,这人戴副眼镜,文文静静,不像个掌刀杀猪的。

不料王五说话倒开门见山:"请问大哥,你是想小注、中注、大注,还是想明注、暗注、巧注?"

张三一听大吃一惊:这王五出口不凡,想必一定是高手。急忙请教。王五解释说:"你以前的注水法,是小注、明注;李四的,是中注、暗注……"张三急忙抢着问:"那啥叫大注、巧注?"

王五听了沉默不语,张三连忙许愿:"如果成功,一定重谢。"王五这才答应明天告诉他。

第二天清早杀猪前,王五如约而至,他要张三挑一头最瘦的猪,然后拿起胶皮管,一头插入"嗷嗷"直叫的猪的食管中,一头安在水龙头上,一拧开关,猪的肚子一下子像吹糖人般地鼓了起来。张三眼看着一头瘦猪立马变肥,正要操刀屠宰,王五连忙拦住:"慢,一个小时后再动手。""为什么?""让猪消化吸收。"

天亮卖肉时,张三惊奇地发现,经高手王五注过水的猪肉,不仅重了至少十公斤,更让人称奇的是这肉红润鲜嫩,眼看、手捏、鼻嗅,都是上品。买主一下子都围住了张三的肉摊,乐得张三眉开眼笑:"高手,实在是高手!"

但是好景不长,张三的注水肉很快被市场管理部门查扣,他们问注水肉来自何处,张三只好如实交代,管理人员顺藤摸瓜,马上找到了王五。可令人们大跌眼镜的是,这王五根本不懂杀猪卖肉,他竟然是乡政府的王秘书,常给书记、乡长写讲话稿和上报各种统计材料,被称为能妙笔生花的全乡"一枝笔"。

(王道庄)

(题图:李 加)

做寿

戏迷刘老春,今年整六十,家里商量着要给他做寿,他便说想和戏迷们一起办个演戏专场,过过唱戏的瘾。于是,他女儿刘小春就忙里忙外地为他准备起来。

小春有个对象,是个美国小伙,名字叫迈克。迈克也知道要拍中国丈人的马屁,所以特地给他送来了一套戏装:皂色的员外帽,白底黑帮的员外靴,那件员外袍上,胸前还绣着一个大大的"寿"字。迈克已经从小春那里打听准了,刘老春要在生日那天唱一出山东吕剧《姊妹易嫁》,这套戏服正好用得上。

果然,刘老春见了这套戏服喜欢得不得了,其他戏迷看到了,也要买。刘老春得意地把迈克介绍给他们,说:"让我女婿替你们买吧!"

"哇,难怪这么漂亮,原来是美国来的! 那么远的买过来,实在不好意思啊!"

"No,No,No!"迈克急得连连朝他们摆手,"你们只要把尺寸告诉我,什么时候我到省城去,再到那家高级寿衣店去一趟就是了!"

"什么,寿衣店?"众人一脸惊愕。

"你……"刘老春一把拉过迈克,"你真是从寿衣店里买来的?"

"那当然!"迈克一脸的糊涂,"难道我做得不对?"

"唉,"刘老春真是又好气又好笑,"你不懂,那寿衣店里卖的东西,都是给死人用的。"

迈克想不通:"既然是给死人用的,为什么还要叫它寿衣店呢?"

(张景通)

(**题图:**李　加)

甩不掉的 4

　　老赵到水果摊上买瓜,挑了一个,一称,14斤4两,他连忙说"大了,大了",随即换了一个11斤左右的,可又嫌这瓜小了,怕熟过头,不好。

　　摊主接口说:"包熟包甜包沙瓤,可以开开看,不好您不给钱就是了。"

　　可老赵不领这个情,立刻摆摆手,说:"不用,不用,我还是重新再挑一个大的吧!"

　　其实呀,老赵这么换来换去,并不真的是嫌瓜怎么样了,而是特别怕"4"字沾上身,太不吉利! 第一个瓜他不要,是因为有两个"4",这可使不得,第二个瓜虽说是11斤,可老板说每斤按4毛算,不正好是4块4吗,这他就更不愿买了。

老赵装模作样地又挑了一个瓜,摊主不厌其烦地再次过秤,整整14斤。要说,这个他仍然不怎么合意,但毕竟只有一个4,再说已经换过了两次,也不好意思再计较。

可付完钱,老赵又不乐意了,自己给摊主的是10块钱,这瓜钱是5块6,找回的不又是4块4么? 这可不行,这找回的数字带4,比给出去的带4,还要不吉利。

老赵咬咬牙,磨磨蹭蹭地对摊主说:"呃,老弟,再麻烦一下,这个瓜太大,我跟老伴儿两人一天吃不完,不如这个我不要了,买两个稍微小点的得了。"

摊主有点儿烦不过了,可看他是朝多里换,自己还能再多赚点,也就点了点头。

于是,老赵随意地拿了两个瓜,一称一共22斤。摊主说:"8块8,你刚才给了5块6,再补我3块2。"

老赵听了一愣,脸色陡然变得有些难看:真见鬼了,怎么咋躲都躲不开呢? 这两个瓜8块8,不刚好相当于每个瓜4块4么? 而且成了两个4块4! 这咋行?

老赵一时懊恼起来,不知该怨谁好,看着等收钱的摊主,没好气地问:"你的秤有没有问题哟?"

摊主说:"只多不少,你尽管去复秤好了。"

老赵听了这话,灵机一动,拿起摊主的秤亲自称了一回,冷不丁地说:"我说不对嘛,明明是22斤1两。"那口气像是被扣了秤似的。

摊主奇怪地看着他说:"那1两我让你了。"

"啥?"老赵较真道,"那咋行呢? 是几多就几多嘛。"边说边掏出3块3毛钱递给摊主。

摊主被他弄糊涂了,只好说:"应该是3块2毛4,我没6分钱找你,还是只收3块2吧。"

老赵笑着说:"几分钱要你找啥呢?"

摊主琢磨着:这人一反一复的真够啰唆,最好别占他的便宜,说不定有什么花招。于是佯装几分客气地说:"您6分钱都可以让给我,我4分钱更应该让您呀。"

老赵不明白这晦气怎么这么难躲,说来说去还是要给他4分钱!不由粗声粗气地说:"你这人咋这么啰唆呢?给钱你都不收,又不是向你要钱。"

摊主被弄得哭笑不得,觉得说他不过,就将那1毛钱收了下来,老赵这才如释重负地吁了口气。

没多大会儿,老赵又回来了,可他并未扯皮,只是自圆其说地又买了一个瓜,然后安安稳稳地走了。原来,他回去一琢磨:那8块8毛4的瓜,正是由两个4块4再加4分组成的,这不成了五个4了么,五个4不仅4多,而且5个4的谐音就是"我死"呀!

(老 土)

(题图:李 加)

生意难做

有个女的叫王小娜，做梦都想嫁个大老板，没想到，她这个愿望很快就实现了。

一次，王小娜在歌厅认识了一个做皮革生意的金老板，没多久，两个人就黏糊到一块儿了。这天，王小娜挽着金老板正在逛街，走着走着，忽然"哎哟"一声。

金老板吃了一惊，忙问："怎么啦？"

她指指自己的脚说："鞋跟掉了！"

其实，她心里高兴着呢，扭着腰说："这鞋扔了吧，我早就想买双'达芙妮'了。"

金老板不同意，他拎起鞋看了看，说："修修吧，还八成新的嘛！"

王小娜暗暗骂道：好你个姓金的，刚追我时要啥买啥，现在得了便宜就开始抠门了。不过，话到嘴边她又咽回去了，心想，为这小事闹翻不值得，修就修吧。

好在前面就有个修鞋摊，王小娜抬脚正要过去，却被金老板一把拽住："站着别动，我先去看看，好修不好修。"一会儿，金老板就来了，扶着王小娜走了过去。

修鞋的是个胖女人，一边招呼王小娜坐，一边拿出工具开始修鞋。

金老板站在一旁，对胖女人说："手脚轻一点，这鞋可是名牌啊！"

胖女人点点头，说："放心，没问题！"

可刚修了没几下，金老板又忍不住埋怨道："怎么修的？毛手毛脚的！是不是新手啊？"

胖女人脸一红，说鞋摊是她老公的，他人刚走开，不过自己看了十几年了，虽说没学过，但看也看会了。

胖女人边说边干，手忙脚乱地修着鞋。金老板看得直摇头，一会儿说这里不该用胶，一会儿又说那边得缝针，胖女人被他说得汗都下来了。最后，胖女人把鞋往金老板手里一撂，不高兴地说："有本事你自己来修嘛！"

"修就修！"金老板也憋上了劲儿，他一屁股在马扎上坐下来，挽起袖子就干了起来。

还别说，金老板真有两下子，"乒乒乓乓"一会儿居然真的把鞋给修好了。

就在这时，突然有人奔过来，夺下金老板手里的鞋子，"啪"朝地上一掼，咆哮着说："好你个姓金的！"

金老板抬头一看，原来是胖女人的老公回来了，忙站起身，解释说："误会了，误会了！"

"什么误会不误会的？姓金的，不在你的地盘上呆着，跑到这儿跟我抢什么生意?"

王小娜一听,吃惊地看着金老板:"啥? 原来你是个修鞋的? 你不是说你是做皮革生意的吗?"

金老板低着个头,尴尬地说:"我修皮鞋,不是跟做皮革生意差不多吗?"

"去你的大头鬼吧!"王小娜气急败坏地脱下另一只鞋,就朝金老板身上扔去,随后扭头就走。

金老板急得正要起身去追,王小娜一回头,怒目圆睁,点着金老板的鼻子警告道:"你别惹我,小心我告你性骚扰!"

金老板一脸委屈,吞吞吐吐地说:"我……我只是想问问你,这只鞋子是打前掌还是钉……钉后跟?"

(段海斌)

(题图:李 加)

形象的比喻

　　刘胖子和大老宋是参加老年协会活动时结下的朋友,两个人都各有一个孙子,两个孙子今年都读初三。马上就要考高中了,做爷爷的都希望自己的孙子能考上重点中学。

　　为了顺顺当当实现这个目标,刘胖子花大钱给孙子请了一个辅导老师,定期给孙子补充课外"营养"。大老宋家里没有这个条件,只好眼巴巴看着刘胖子给孙子开小灶。

　　后来,大老宋听说刘胖子请的这个辅导老师是包时间一对一专门辅导他孙子的,实在羡慕得不行,思忖再三,这天小心翼翼地与刘胖子商量说:"老刘,老师给你孙子补课时,能不能让我孙子在旁边听听? 反正一个学生这么教,两个学生也是这么教。"

刘胖子心里不怎么情愿，可又拉不下这个脸面，只好答应。于是，每当辅导老师给刘胖子的孙子上课时，大老宋的孙子就在一旁吃"偏食"。

几个月后，两个孙子双双参加中考。让两个爷爷出乎意料的是，吃偏食的大老宋的孙子考上了市里最有名气的一所重点中学，而吃主食的刘胖子的孙子反而落选了。

大老宋心里过意不去，当晚便倾其所有买了一大堆礼品，想去刘胖子家道谢。走到刘家门口，正好听到刘胖子在训他的孙子："你也不是小孩子了，要我怎么开导你好呢？做个最形象的比喻吧，如果你再不加把劲读书，将来就是人家的孩子请得起老师，而你呢，你的孩子只能在旁边沾光听！"

没想刘胖子的孙子听了，不服气地嘀咕了一句："到那时，不就是我的孩子能考上重点，人家的孩子考不上吗？"

站在门外的大老宋噎得说不出话来。

（李建平）

（**题图：李 加**）

买胶卷

　　张石头到商场去买胶卷,商场正在搞有奖销售活动,顾客只要买满50元商品,就可以领到一张刮奖券。张石头买了3个胶卷,51元,于是就领到了一张券。刮开一看,呵! 运气不错,是个三等奖。

　　商场销售员笑着说:"你真幸运,一下就摸到了一台品牌电脑……"

　　张石头喜不自禁地欢呼起来:"什么? 品牌电脑? 太棒了!"

　　销售员看他高兴的样子,说:"你听清楚了再高兴啊,是品牌电脑用的光电鼠标。不过,你的运气真够好了的,这个鼠标若是单卖的话,要一百多元呢!"说着,他转身弯下腰,从放在地上的一个纸箱里拿出一个光电鼠标,递到了张石头的手中。

张石头兴奋中不免有点遗憾,"唉"了一声,说:"这东西是不错,不过我家里还没电脑呢,用不上啊! 能不能换个别的?"

销售员露出吃惊的神情,说:"都什么年代了,你家里还没有电脑? 我不相信。"

张石头的脸有点红,说:"不瞒你说,确实没有。不过,我倒是一直想买一台,只是我老婆总说'再等等、再等等'……"

销售员连连朝张石头咂嘴,说:"还等什么呀,今天这么好的机会,买电脑还有机会摸奖。再说,你现在已经有了一个鼠标,不买电脑就浪费了。"

张石头听她说得头头是道,脑子一热,就说:"那就看看吧!"

销售员带张石头来到电脑售货处,很热情地把各种型号的电脑一一向张石头作了介绍。张石头被她说动了心,于是一个电话打给老婆。他老婆一听有这么好的促销机会,为什么不买? 就答应马上送钱来。

不一会儿,张石头的老婆就拿着钱赶来了,付账后,他们果然拿到了一叠刮奖券。张石头把刮奖的重任交给老婆,老婆竟然从奖券里刮出一个二等奖,奖品是一节数码相机用的电池。

张石头的老婆正梦寐以求想要一个数码相机呢,这下她的心思活了起来,激动地在那儿自言自语:"数码相机,数码相机……"突然,她回过头来,对张石头说:"老公,怎么样啊?"

张石头一愣:"什么怎么样啊?"

老婆说:"买数码相机呀!"

张石头一惊,说:"我们不是有傻瓜相机了吗? 再说才买了电脑,哪还有富余的钱买相机啊?"

老婆一听不乐意了,白了张石头一眼,说:"兴你买就不兴我买呀?"

销售员见状,不失时机地在一旁"敲边鼓",说:"对呀,今天这么好的机会,买相机还有机会摸奖。再说,你们现在已经有了一个电池,不买相机的话就浪费了。"

张石头被她们左右夹攻,抵挡不住了,只好使出杀手锏,问老婆:"钱呢?"

谁知老婆早已想好了,说:"这你就放心吧! 你的加班费不是都交给我了吗,我都把它们存着呢。"

老婆买数码相机的梦就这样实现了! 她兴奋得连张石头和他的电脑都不顾了,独自拿着数码相机,喜滋滋地走了。

张石头手中又多了一叠奖券,他不指望还能从中刮出什么大奖,只想能有个什么肥皂、糖罐之类的也好,管它呢,刮了再说。

因为手里的奖券多,张石头慢条斯理地一张一张一路刮下去。天,他的眼睛突然瞪得溜圆——有一张奖卷明明白白告诉他——他刮到了一等奖!

一等奖的奖品是四个车胎,也就是说,张石头可以拥有一辆小轿车的四个轮子了!

张石头愣了 5 秒钟,突然"哇"地大叫了一声,扔下奖券,撒腿就逃……

(程应峰)

(题图:李　加)

绑架

　　老王的女儿晓雯卫校毕业后在县医院找了份工作。

　　这天晓雯上日班，晚上老王左等右等，晓雯还没到家，老王有点着急，就拿起电话打女儿的手机。谁料手机刚接通，一个阴森森的声音传了过来："不许报警！晓雯在我手里，准备好100万赎人……"老王顿觉天旋地转，手里的话筒掉在了地上。

　　到底要不要报警？老王心里实在拿不准主意。一宿的煎熬，使他心力交瘁，思来想去，第二天一大早，他还是走进了县公安局的大门。

　　"绑架案！"县公安局立刻成立专案组，指挥中心就设在老王家里。监听设备、电话定位设备以及各行动小组，一一安排就绪，大家急切地等待着绑匪再来电话……

"铃、铃、铃……"电话铃急促地响了起来，老王一狠心拿起听筒。

"喂，是王大爷吗？昨天下午你家电话咋老占线，是不是话筒没放好啊？我是晓雯的同事美芳，她让我告诉你，她接到紧急任务，送病人去市医院了，这几天可能不回来，让你别担心……"

人们面面相觑，老王更是涨红了脸，说不出话来。

女儿到底在哪里？为了解开疑问，老王再次拨通了女儿的手机。谁知手机里又传来一阵阴森森的声音："不许报警！晓雯在我手里，准备好100万赎人！只要硬币，不要纸币。嘻嘻，哈哈！"

老王的腿又发软了，赶紧把话筒递给刑警队长。刑警队长一听，真是哭笑不得，他拍拍老王的肩膀，说："这是时尚彩铃啊！你女儿把电话里等待接通时的拨号音，改成幽默小段子啦！"

（白英发）

（题图：李　加）

真是急死人

星期天，小钱去市里最大的商场转悠。

商场里人山人海，好不热闹。小钱挤在人堆里，东看看西瞧瞧，正转在兴头上，忽然觉得肚子里一阵搅动。不好，他来不及细想，就直朝厕所奔。

还没奔到厕所门口，他就被吓住了：我的妈呀！厕所门前的队伍排了一长溜，还拐了个弯，轮到自己，不憋出毛病才怪呢！

怎么办？小钱脑子一转，想到文化馆就在附近，那里肯定人少，于是就赶紧跑出商场，朝文化馆奔去。

赶到文化馆，他发现厕所外竟然也有不少人在排队，心里直叫"倒霉"，想想附近好像也没什么公厕了，看来只好排队等。

幸好进公厕的人解决问题还算爽气，五分钟后，排在小钱前面的也就只剩下五六个人了。

终于轮到小钱了！小钱刚想进去，一个文质彬彬的先生一边给他开门，一边说："门票20元，谢谢！"

小钱以为自己的耳朵听错了，又问了一遍。不错，是20元。小钱很纳闷：涨价也不是这么个涨法呀！20元，难道里面都是黄金马桶？但是小钱已经等了那么长时间了，实在不能再憋了，于是咬咬牙，甩出20元钱就冲了进去。

到了里面，小钱愣住了，怎么里面有男有女？退到门口一看，没错，是男厕所啊！这是怎么回事，总不见得现在上厕所也流行男女搭配？

正在这个时候，小钱看到墙上有一张宣传海报，凑上去一看，只见上面写着：第一届厕所文化艺术节，世界的、中国的、古代的、现代的，你在里面都可以看到。下面还有一行小字：禁止使用！

（邢静泽）

（题图：李　加）

孩子王

周末的晚上，"天然居"酒家来了一群孩子，吵嚷着要给其中一个小胖子过生日。服务员把他们安排在靠门的一张桌子上，他们却嫌来来往往的人太多，一个劲要换。服务员就给他们找了个靠窗的，他们又嫌风太大。服务员看看再没有空桌子了，说："实在对不住，现在不能再换了。"

小胖子生气了，说："你们开的是什么饭店，不如趁早关门！"

服务员说："你这小孩，说话可真不好听，不就是吃顿饭吗，在哪不一样呢？"

小胖子说："在这张桌子上吃，我就是吃不下。我一年就过一次生日，不选个好桌子行吗？"他这么一说，其他的孩子也跟着起哄，乱成了一锅粥。

服务员一时没了辙，就叫来了大堂经理。

经理来了后又是哄又是吓，可这帮孩子却没有一个听他的，仍是不停地叫喊，有的还跳到了桌子上。最后，经理把保安都叫来了，可还是没用。

有个中年男子实在看不下去了，走过来说："孩子们注意了，你们要吃就在这张桌子上吃，要不我就把你们清除出场！"

说也奇怪，这些孩子一见这中年男子，立刻变了神色，赶忙乖乖地坐下来，再没有一个提换桌子的事了。

服务员很感激中年男子给解了围，忙上前道谢。中年男子摆摆手："小事一桩，不值一提。"

服务员好奇地追问他道："这些孩子这么听你的话，你一定是他们的老师吧？"

中年男子摇摇头："不是，不是，我怎么会是老师呢。不瞒你说，我只是一个网吧老板而已。"

（伊家河）

（题图：顾子易）

儿女双全

有个商人，新婚不久就出远门做买卖，没几个月就赚了大笔的钱，不久又租了房，找了个临时太太，还生了个儿子。

可外边的日子再好也得回家去，家里毕竟还有个明媒正娶的太太呢！就这样，商人带着宝贝儿子回了家。

快到家门口了，商人把儿子先托给邻居照看，然后才进了家门。

夫妻见面，太太嘘寒问暖之后，就说："你一个人在外边，有谁惦记你的冷暖饥寒啊！"

商人见太太这么说，赶紧"登梯子上房"："是啊，一个男人只知道做生意，哪会过日子啊！"

太太叹了口气："你就是又找个人，只要她能照顾你，我也不会多说什么。"

商人进一步趁热打铁:"找个人容易,可要生个孩子呢?"

太太痛快地说:"那还不是情理之中的事,谁生的也是管你叫爹不是?"

话说到这份上,商人还有什么好隐瞒的,于是就把自己的事说了一遍。太太不但没恼,还让商人赶紧把孩子抱回来。

商人感动极了:"男人不容易,可女人也一样啊!她要是有个人关心着,生个一儿半女的,也不为过啊!"

太太听了眼睛一亮,说:"我要那样,你不生气?"

商人还沉浸在对太太的感激之中,顺口说道:"不生气!"

太太赶紧对下人说:"快到隔壁把小姐接来,让她爹也看看!"

商人一听,真是哭笑不得,"嘿嘿"了几声,说:"好……啊,不管怎么说我也没赔本,闹了个儿女……双全了啊!"

(崔 陟)

(题图:李 加)

鼓风机停了

　　有个小煤矿，井下二十四小时作业，因为巷道很深，女老板怕出事，就特地让人在井口安了两台特大功率的鼓风机，一刻不停地轮流往井下送风。

　　风是送下去了，可这个矿井就在一个几百人的小镇边上，这么大功率的鼓风机昼夜不停地响，小镇上的人白天还能勉强忍受，夜里怎么睡得着觉？于是他们就去找女老板说理，要求解决问题，至少要赔偿精神损失。

　　医生说："我每天晚上睡不好，熬得蔫蔫的，万一把病人的输卵管当阑尾切了，你负责？"

　　老师说："我的学生天天上课喊头疼，以后进不了大学，你养他们？"

一个养猪的索性朝女老板手一伸："我那头母猪两年下三窝崽儿，如今被你这么一'轰隆'，几个月不见动静，你得赔我猪崽儿！"

女老板朝他们撇撇嘴，说："你们也太夸张了，安两台鼓风机会有那么严重？哼，还不是看上了我这几个钱！"

众人一听都跳了起来。那个养猪的大声嚷嚷："有你这么说话的吗？换了你，弄这么台破玩意儿连白带黑地老在身边'轰隆'，你还有心思做生意？"

女老板差点背过气去。不过众怒难犯，她决定还是想想办法，东问西问问下来，其实办法很简单，只要在鼓风机旁边装个特殊消音器，就行了。

这天，消音器安装完毕，已经半夜，效果果然好，给人的感觉，就好像鼓风机停了似的。女老板心里很得意：看这回你们还有什么话说！

可就在这时，突然远处响起一阵闹嚷声。她抬头一看，好家伙，镇上的男女老少全朝她这儿拥来。女老板惊讶万分，正想问出了什么事，只听这些人边跑边嚷："鼓风机咋停了？准是井下出事儿啦！"

（顾文显）

（题图：李　加）

你怕什么

星期天上午,兴华体校武术教练陈彬正在家里看电视,电话铃忽然响了,是队员小孙打来的,他在电话里慌慌张张地说:"不好了,教练,王伟让小流氓打伤了,你快来看看吧!"

陈彬一听,差点没把肺给气炸。这王伟是自己最得意的徒弟,前不久刚刚拿了省运动会的散打冠军。一个散打冠军竟然在街上和流氓打架,而且还被流氓打伤,真是丢脸!

想到这里,陈彬没好气地对小孙说:"打架了你找110,受伤了你打120,找我干什么?"

不想小孙却说:"教练,110我已经打了,可王伟不让我打120,他说他不想去医院。"

毕竟总是救人要紧,陈彬于是不再坚持,他嘱咐小孙看着王伟,接着赶紧联系校医,两个人很快来到了出事地点。一看,王伟的左臂被利器划伤,但不算太严重,于是陈彬让校医对王伟的伤口进行简单处理。

陈彬问王伟:"这到底是怎么回事?"

王伟说:"我和小孙出来逛街,小孙上厕所的时候,我看到一个小偷在偷一位老大爷的钱包,就冲上去抓那小偷,没想到小偷掏出了刀子。我一害怕,就被他伤着了。"

陈彬不解地说:"小偷的刀子一般不会厉害到哪里去,你怎么会应付不了呢?"

王伟说:"他的刀子确实不怎么样,就是那种可以用来割口袋的手术刀。"

陈彬一听,简直要跳起来:"什么,一把手术刀就让你害怕了?你平时练的功夫呢?"

不想王伟却委屈地说:"教练,你不知道!前几天我爸爸在医院做阑尾手术,医院让交 8000 元押金,我记得当时你还说,一个手术不可能花这么多钱。哪知我爸爸出院时一结账,8000 元还不够,我们还补了医院 500 元。你说,我现在能不害怕手术刀吗?就是这么一害怕,就让小偷给划伤了。"

(陶柏军)

(题图:顾子易)